I0648158

Ludwig Nohl

Musikerbiographien

Siebenter Band: Spohr

Ludwig Nohl

Musikerbiographien
Siebenter Band: Spohr

ISBN/EAN: 9783743362499

Hergestellt in Europa, USA, Kanada, Australien, Japan

Cover: Foto ©Raphael Reischuk / pixelio.de

Manufactured and distributed by brebook publishing software
(www.brebook.com)

Ludwig Nohl

Musikerbiographien

Musiker-Biographien.

Siebenter Band:

Spohr.

Von

Ludwig Nohl.

Leipzig,

Druck und Verlag von Philipp Reclam jun.

Biographie Spohrs

von

Ludwig Nohl.

> Und wenn sie die Hände sich reichen
> Zum Freundschaftsbund, dann weinen sie,
> Sind sentimentale Eichen.
>
> Heine (Wintermärchen).

1*

Am 8. November 1859 schrieb von Paris aus Richard Wagner an die Constitutionelle Zeitung in Dresden Folgendes:

„Fast gleichzeitig starben mir zwei würdige hochverehrte Greise. Der Verlust des einen traf die ganze musikalische Welt, die den Tod Ludwig Spohrs betrauert: ihr überlasse ich's zu ermessen, welch' reiche Kraft, welch' eble Productivität mit des Meisters Hingange aus dem Leben schied. Mich gemahnt es kummervoll, wie nun der letzte aus der Reihe jener echten, ernsten Musiker von uns ging, deren Jugend noch von der strahlenden Sonne Mozarts unmittelbar beleuchtet ward und die mit rührender Treue das empfangene Licht, wie Vestalinnen die ihnen anvertraute Flamme, pflegten und gegen alle Stürme und Winde des Lebens auf keuschem Herde bewahrten. Dieses schöne Amt erhielt den Menschen in Spohr rein und ebel, und wenn es gilt, mit Einem Zuge das zu bezeichnen, was aus Spohr so unauslöschlich eindrucksvoll zu mir sprach, so nenne ich es, wenn ich sage: er war ein ernster, redlicher Meister seiner Kunst und seine schönste Erquickung quoll aus der Kraft seines Glaubens. Und dieser ernste Glaube machte ihn frei von jeder persönlichen Kleinheit; was ihm durchaus unverständlich blieb, ließ er als ihm fremd abseits liegen, ohne es anzufeinden und zu verfolgen: dies war seine ihm oft nachgesagte Kälte und Schroffheit! Was ihm dagegen verständlich wurde, — und ein tiefes feines Gefühl war dem Schöpfer der Jessonda wohl zuzutrauen, — das liebte und schützte er unumwunden und eifrig, sobald er Eines in ihm erkannte:

Ernst, Ernst mit der Kunst! Und hierin lag das
Band, das ihn noch im hohen Alter an das neue Kunststreben knüpfte: er konnte ihm endlich fremd werden, nie
aber feind. — Ehre unserm Spohr! Verehrung seinem
Andenken! Treue Pflege seinem edlen Beispiele!"

So haben wir es diesmal nicht mit einem jener
Heroen der Kunst zu thun, die deren Entwicklung mit
einem mächtigen Ruck in wesentlicher Weise erweiterten.
Sondern in behaglicher und fast idyllischer Ruhe breitet
sich in diesem langen Künstlerleben der bis dahin gewon-
nene Bestand der Musik als ein wonnig beglückender Besitz
freundlich zum Mitgenusse einladend aus. Darum sind es
nicht eigentlich entscheidend große Kunstthaten, was uns
diesmal begegnen wird, wohl aber ein durch das Ideale
der Kunst schön verklärtes menschliches Dasein, sodaß wir
hier mehr ein Intermezzo zwischen den vorwärts bringen-
den Acten einer großen Handlung als selbst ein Drama
vor uns sehen. „Spohr zeigt sich überall muthvoll, ent-
schlossen, tapfer, mit einem Wort echt männlich," heißt es
in dem Vorworte zu seiner Selbstbiographie von dem fast
sieben Fuß hohen kräftigen Manne; „Spohr war wie alle
edlen Naturen streng sittlich und von einer fast mädchen-
haften Züchtigkeit; er kannte keinen Neid, sondern nur
die aufrichtigste Freude über die Erfolge und Leistungen
Anderer, er hatte daher eigentlich keinen Feind; wir waren oft Zeuge, daß starke Ausbrüche des Beifalls über
seine Leistungen ihn eher drückten und belästigten als er-
freuten." Als er bei seinem Jubiläum stürmisch hervorgerufen wurde, äußerte er, es sei ihm als ob er auf das
Schaffot geführt werde, und als er einst zum Geburtstage
seines Kurfürsten in Gala zu erscheinen hatte, hüllte er
sich bei zwanzig Grad Wärme in einen großen Winter-
mantel und antwortete einem theilnehmend nach seiner
Gesundheit fragenden Freunde, den Mantel zurückschlagend
und die mit Orden bedeckte Brust zeigend: „Ich schäme

mich nur, so über die Straße zu gehen." Niemals auch widmete er ohne unabweisbare Aufforderung einem Fürsten oder Großen eines seiner Werke.

Es erklingen also hier so recht alle jene Saiten, die ganz eigens das Gemüth und den Charakter des deutschen, zumal des norddeutschen Künstlers ausmachen, und wir haben dieselben eben nur als solche erklingen zu lassen, um fühlbarst in der Nähe und sogar in dem eigensten Athemskreise dieses Altmeisters der ausgehenden classischen Musikperiode zu weilen. Wozu uns denn zum Glück diesmal obenbrein seine eigenen Lebensaufzeichnungen die leichteste Brücke schlagen, die zugleich gar manches anziehende Genre- und Sittenbild bringen und daher auch allgemeineren Antheil erwecken!

1. Die Lehrzeit.
(1784—1803.)

„Da ging mir die Herrlichkeit der Mozartschen Musik auf."

Spohr ward am 5. April 1784 zu Braunschweig als Sohn eines Arztes geboren; doch war väterlicher= wie mütterlicherseits die Familie dem Predigerstande zugehörig gewesen und schon früh wurde der Vater nach Seesen ver= setzt, das am Fuße des gespenstigen Brocken liegt. Die Eltern waren musikalisch, der Vater blies nach damaliger Neigung Flöte, welche Neigung manchmal so groß war, daß das Instrument im Spazierstocke verborgen war, da= mit an landschaftlich schönen Stellen auch die sentimenta= len Empfindungen sich nicht gehemmt fanden. Die Mutter war Schülerin desselben Kapellmeisters Schwaneberger, der als Schüler Salieri's bei der Nachricht, daß Mozart ein Opfer des Neides der Italiener geworden sei, den sonder= baren Ausruf that: „Narrheit! Er hat nichts gethan, um diese Ehre zu verdienen!" Sie sang demgemäß die ita= lienischen Bravourarien jener Tage, die sie sich zum Cla= viere sehr fertig begleitete. So war Musik ein Lebens= element des Hauses und der Knabe durfte schon im fünften Jahre in Duetten mit der Mutter an den Abendmusiken theilnehmen. Zugleich kaufte ihm der Vater nach seinem Wunsch auf dem Jahrmarkte eine Geige, auf der er nun die Melodien wiedersuchte, während die Mutter ihm begleitete.

Etwa um 1791 kam nach Seesen ein Emigrant Dufour, der ein fertiger Dilettant war. Der Knabe war bis zu Thränen gerührt, als er den fremden Mann so schön spielen hörte, und ließ den Eltern keine Ruhe, als bis er

Unterricht bei ihm erhielt. Dieser entdeckte trotz seines bloßen Dilettantismus so sicher des Schülers Begabung, daß
er darauf drang, denselben Musiker werden zu lassen. Bald
wurden auch bereits Compositionsversuche gemacht, Duetten
für zwei Geigen, und ein schmucker neuer Anzug war der
Lohn. Ja sogar an ein Singspiel wagte er sich, natürlich
von Weiße, dem Begründer der Gattung in Deutschland,
und in der Musik waren Hillers „Jagd" und „Lottchen
am Hofe" Vorbild, jedoch nur nach dem oft durchgesunge-
nen Clavierauszuge, denn das kleine Seesen hatte kein
Theater. Die Formen und der Ton dieser deutschen
Werke sind denn auch zeitlebens für Spohr maßgebend
und bannend zugleich geblieben.

Bald kam der Knabe, der nun wirklich Musiker werden sollte, zur Confirmation zu seinem Großvater in das
Hildesheimische und erhielt dort guten Unterricht. Doch
die Musik mußte in dem nahen Städtchen weiter betrieben
werden. Auf dem beschwerlichen Wege dorthin war er
einmal bei Regenguß in einer einsamen Mühle unterge-
standen und hatte dabei die Gunst der Müllerin so sehr
gewonnen, daß er von da an stets vorsprechen mußte und
mit guten Sachen gelabt ward. Zum Dank phantasirte
er ihr dann jedesmal etwas vor und setzte sie einst durch
Variirung des Liedes „Du bist liederlich" von Wranitzky,
in der all die Kunststückchen vorkamen, durch die später
Paganini die Welt entzückte, so außer sich, daß sie ihn an
dem Tage gar nicht wieder von sich ließ. So ward die
Sprache der Musik zumal auf seiner Geige schon früh
seine Muttersprache und die Welt weiß, wie viele der
edelsten Schüler er in dem langen Laufe seines Lebens
gerade auf diesem Instrumente zu derselben herange-
bildet hat.

Jetzt kam er nach Braunschweig, wo der Erbprinz Karl
Ferdinand ein bescheidenes französisches Theater nebst Kapelle hielt. Sein Lehrer ward ein Mitglied derselben, der

Kammermusikus Kunisch, dem er viel verdankte, weil derselbe sehr gründlich war. Ebenso war es mit dem Harmonieunterrichte bei dem Organisten Hartung, der zwar wenig freundlich war, aber doch die beste Grundlage legte: denn er blieb der einzige Lehrer, den Spohr je in der Theorie seiner Kunst gehabt hat. Er half sich in der Folge mit gedruckten Werken und guten Partituren, die ihm Kunisch aus der Theaterbibliothek verschaffte. Bald bereiteten ihm seine kleinen Compositionen denn auch Eintritt in die Concerte der Stadt und er konnte seinen Eltern mit Stolz von eigenen Einnahmen melden. Dadurch kam er denn auch in das Theaterorchester und hörte viel gute Musik. Sein Lehrer ward dann der erste Geiger desselben, Concertmeister Maucourt, und dieser bildete ihn bald zu einem so tüchtigen Solospieler heran, daß er ihm vorschlug, sein Glück als reisender Künstler zu suchen. Er schickte ihn nach Hamburg, den Vierzehnjährigen! Daß der Knabe darauf einging, beruhte auf den Ueberlieferungen des Vaters, der nach norddeutscher Wikingerart im höchsten Grade kühn und unternehmend gewesen war. Um einer Strafe zu entgehen, war derselbe von der Schule entflohen und hatte sich dann auf kümmerliche aber immer höchst selbstständige Weise zu seiner jetzigen ärztlichen Stellung emporgearbeitet. Dieser fand also in dem Unternehmen des Sohnes trotz der Mutter Kopfschütteln nichts Besonderes. Er empfahl ihn an einen alten Freund in Hamburg, allein derselbe empfing ihn mit den Worten: „Ihr Vater ist doch immer noch der Alte! Welche Tollheit, einen Knaben so auf gut Glück in die Welt zu senden!" Dann setzte er ihm die Schwierigkeit eines Concertes in der großen von Künstlern überlaufenen Handelsstadt auseinander. Spohr wußte kaum die Thränen zurückzuhalten und rannte ohne nur die übrigen Empfehlungsbriefe abzugeben, voller Verzweiflung nach Hause. Ja bei seiner geringen Baarschaft sich, den großen schlanken Jungen, schon in den Händen jener Seelenver

käufer sehend, von denen ihm der Vater ein warnendes
Bild entworfen hatte, wanderte er sporustreichs zu Fuße
nach Braunschweig zurück.

In seiner Beschämung, namentlich dem energisch kühnen
Vater gegenüber, sann und sann er auf Mittel, auf an=
derem Wege zu seinem Ziele der entsprechenden Ausbil=
dung zu gelangen, und verfiel endlich zu seinem Glücke
auf den Herzog Ferdinand, der selbst einst Violine gespielt
hatte. „Er ist ein sehr angenehmer schöner freundlicher
Herr," schreibt Mozarts Vater nach einer Begegnung in
Paris im Jahre 1766 über den damaligen Erbprinzen.
Und der Encyklopädist Grimm sagt in einer Correspon=
denz von dort über den zehnjährigen Knaben: „Das Un=
begreiflichste ist jene tiefe Kenntnis der Harmonie und ihrer
geheimsten Wege, die er im höchsten Grade besitzt und wo=
von der Erbprinz von Braunschweig, der gültigste Richter
in dieser Sache sowie in vielen andern, gesagt hat, daß
viele in ihrer Kunst vollendete Kapellmeister stürben, ohne
das gelernt zu haben, was dieser Knabe in einem Alter
von neun Jahren leiste." (Mozart. Nach den Schilde=
rungen der Zeitgenossen. Leipzig, 1880). Zu den „anderen
Sachen" gehörten des Prinzen glückliche Unternehmungen
des Jahres 1760 gegen dieselben Franzosen, deren Ver=
ehrer und Nachahmer er sonst in fast allen Dingen war
und deren Neigung zur Beschützung der Kunst er denn
auch theilte. „Hat er dich nur erst eines deiner Concerte
spielen gehört, so ist dein Glück gemacht!" dachte sich also
auch unser junger Künstler und beendete in heiterster
Stimmung den öden Marsch durch die Lüneburger Haide.

Eine Bittschrift war bald entworfen. Der Herzog
nahm sie auf seinem Spaziergange denn auch von dem
treuherzigen schlanken jungen Menschen nach seiner gewohn=
ten Leutseligkeit entgegen. Nach einigen furchtlos beant=
worteten Fragen über Eltern und Lehrer erkundigte sich
der Fürst nach dem Verfasser der Bittschrift. „Nun wer

anders als ich? Dazu brauche ich keinen Andern!" —
„Nun, komm morgen aufs Schloß, dann wollen wir über
dein Gesuch reden!" schloß mit Lächeln und Freude die
Unterredung ab. Präcis elf Uhr stand er vor dem Kammerdiener. „Wer ist Er?" fuhr dieser ihn ziemlich un-
freundlich an. „Ich bin kein Er. Der Herzog hat mich
hierher bestellt und Er hat mich anzumelden!" lautete die
Antwort der Entrüstung. Der Kammerdiener ging und
ehe die Aufregung sich gelegt hatte, stand der junge
deutsche freie Mann vor seinem Fürsten. „Durchlaucht, Ihr
Kammerdiener nennt mich Er, das muß ich mir ernstlich
verbitten!" platzte er heraus. Der Herzog lachte laut und
sagte: „Nun, beruhige dich nur, er wirds nicht wieder
thun." Nach einigen unbefangenen Antworten Spohrs
ertheilte er dann den Bescheid, er habe sich bei Maucourt
nach ihm erkundigt und sei begierig ihn zu hören, es
könne im nächsten Concerte bei der Herzogin geschehen.
Ueberglücklich eilte der junge Künstler nach Haus, um sich
aufs emsigste vorzubereiten.

Die nächste Scene führt uns nun so recht in das
ancien régime, wo auch die Kunst, vor allem die Musik
noch die gefällige Magd des Vergnügens war, aus der
erst männlich große Erscheinungen wie Beethoven, Liszt
und Wagner die Muse, die Prinzessin, die Königin
gemacht haben. Doch erkennen wir, daß auch unserem
jungen Künstler das Gefühl dieser Würde nicht fehlte, die
das Innere des Menschen selbst zu erheben, zu adeln geschaffen und geeignet ist.

In den Concerten der Herzogin wurde nämlich Karten
gespielt und um dies nicht zu stören, mußte das Orchester
ohne Pauken und Trompeten und immer piano bleiben,
ja es war demselben noch ein dicker Teppich untergebreitet,
sodaß das „ich spiele, ich passe" lauter war als die Musik.
Diesmal waren allerdings Spieltische und Teppich ver-
schwunden und dem Herzog gefiel des jungen Künstlers

Talent so sehr, daß er ihn zum Kammermusikus ernannte. Allein in der Folge trat auch die alte Pein wieder hervor. Jedoch einmal, als Spohr dort ein neues Concert probirte, vergaß er, ganz erfüllt von seinem Werke, das er zum erstenmal mit Orchester hörte, völlig des strengen Verbotes und spielte mit aller Kraft und allem Feuer, sodaß er selbst das Orchester mit fortriß. Plötzlich wurde er mitten im Solo von einem Lakai am Arme gefaßt, der ihm zuflüsterte: „Die Frau Herzogin läßt Ihnen sagen, sie sollen nicht so mörderisch darauf losstreichen." Wüthend über diese Störung spielte er womöglich nur noch stärker, mußte sich aber dafür einen Verweis vom Hofmarschall gefallen lassen.

Der Herzog lachte über den Vorfall, erinnerte sich dabei aber seines Versprechens, ihn mit der Zeit zu einem großen Meister zu senden. Dies ward natürlich jemehr Spohrs Wunsch, je tiefer er in den Geist seiner Kunst eindrang. Zuerst lernte er nun jene leichten französischen Operetten kennen, später aber auch Cherubinis „Wasserträger". „Ich erinnere mich lebhaft der Abende, als die deux journées zum erstenmal gegeben wurden, wie ich ganz trunken von dem gewaltigen Eindruck, den dieses Werk auf mich gemacht hatte, mir noch am Abend die Partitur geben ließ und die ganze Nacht darüber saß und wie es hauptsächlich diese Oper war, die mir den ersten Impuls zur Composition gab," so erzählt er selbst. Dann kam aber eine deutsche Truppe. „Da ging mir die Herrlichkeit der Mozartschen Opernmusik auf und nun war für meine ganze Lebenszeit Mozart mein Idol und Vorbild," sagt er. „Ich erinnere mich noch deutlich der Wonneschauer und des träumerischen Entzückens, mit welchem ich zum erstenmal Zauberflöte und Don Juan hörte und wie ich nun nicht ruhte, bis ich die Partituren geliehen bekam, über denen ich dann halbe Nächte brütete." Dies war um die Wende des Jahrhunderts, als Mozart zuerst auch in

weitere Kreise brang. Allein nicht lange und es kamen
die schönen ersten Quartette Beethovens und er schwärmte
sogleich für sie nicht weniger als bisher für diejenigen
Haydns und Mozarts. Zugleich hörte er bald darauf den
ausgezeichneten Geiger Seidler, für den später Beethoven
das Tripleconcert entwarf, und den außerordentlich fer-
tigen Knaben Pixis, der bald in der Welt glänzen sollte.
So erfüllte der Herzog nur einen heißen Wunsch, als er
den jungen Kammermusikus nun auch einen letzten Lehrer
wählen lies. Spohr nannte ohne Zaudern Viotti in
London, allein dieser antwortete, er sei — Weinhändler geworden und nehme keine Schüler mehr an. Nach ihm war
Ferdinand Eck in Paris damals am berühmtesten. Jedoch
dieser hatte soeben eine reiche Gräfin entführt und war
jetzt ein vornehmer Herr geworden. Er schlug aber seinen
Bruder Franz vor, der gerade Deutschland bereiste. Dieser
wurde nun, nachdem er sich in Braunschweig hatte hören
lassen, erwählt und nahm im Frühjahr 1802 den acht-
zehnjährigen Jüngling mit sich auf die Reise, die sogar
nach Petersburg gehen sollte.

Schon in Hamburg begann der Unterricht. „Aber ach
wie sehr wurde ich gedemüthigt! Ich, der ich einer der
ersten Virtuosen Deutschlands zu sein geglaubt hatte, konnte
ihm nicht einen einzigen Tact zu Dank spielen, sondern
mußte jeden wenigstens zehnmal wiederholen, um nur
einigermaßen seine Zufriedenheit zu erlangen," beginnt
das Tagebuch dieser Reise. Allein ein wahrhaft eiserner
Fleiß, der Uebung bis zu zehn Stunden des Tages nicht
scheute und dem „herkulischen Körperbau" auch zumuthen
durfte, ließ ihn bald nicht blos die volle Zufriedenheit
des Lehrers erlangen, sondern allmählich jene souveräne
Fähigkeit gewinnen, die als Franzose sein Lehrer nicht be-
saß: jedem Style der Meister aller Zeiten und Länder
gerecht zu werden. Dazu verhalf ihm eben das Anhören aller möglichen Musik und verschiedener anderer

damals berühmten Geiger, — darunter Fränzl, — Klavier=
spieler — darunter Field, — und Sänger. Es trieb ihn
dabei zugleich der Ehrgeiz. Denn die ihm Mißgünstigen
in Braunschweig hatten geäußert, er werde sich wohl eben=
sowenig auszeichnen wie die übrigen jungen Leute, die
der gütige Herzog bisher bei ihren Studien unterstützt
habe. Inzwischen vernachlässigte er aber weder seine all=
gemeine Bildung noch das Componiren, ja schon in die=
sem Jahre entstand sein Violinconcert Op. 1, und seiner
reinmenschlichen Entwickelung half manches kleine Herzens=
abenteuer nach, wie sie die Biographie gar unbefangen und
unschuldsvoll berichtet. Und wie sehr ihm schon jetzt der
volle Ernst in dem Dienste der heitersten aller Künste in
Fleisch und Blut übergegangen war, beweist die Aeuße=
rung, als in Danzig nach der dumpfen Anschauung solcher
Stände in Bezug auf Kunst eine Dame die Frage hin=
warf, ob er nicht doch besser gethan haben würde dem
Berufe des Vaters zu folgen, zu dem dieser ihn anfangs
bestimmt hatte. „So hoch der Geist über dem Körper
steht, so hoch steht auch Der, welcher sich der Veredlung
des Geistes widmet, über Dem, der nur den vergänglichen
Körper pflegt!“ lautete seine Entgegnung.

Die mancherlei kleinen Abenteuer und bunten Bilder,
die Spohr selbst von dieser russischen Reise berichtet, haben
wir hier zu übergehen. Einen wesentlichen Vorschub lei=
stete seit dem Aufenthalte in Petersburg der Schönheit
seines Tones, die ja so weltberühmt wurde, noch ein Ge=
schenk: ein „artiger allerliebster junger Franzose,“ der Vio=
linspieler Remi tauschte in einem Gefühle der liebenden
Freundschaft für Spohr an dessen Geburtstage mit ihm
seine Geige aus, sodaß dieser eine echte Guarneri erhielt.
Sein Entzücken über den „himmlischen Ton“ war grenzen=
los, sollte aber, wie wir noch hören werden, nicht lange
dauern. Am 1. Juni 1803 ging es nach Deutschland zu=
rück. Der Abschied von Remi war sehr schmerzlich, der

von dem Lehrer, der in Petersburg blieb, ein sehr be=
trübter. Er sollte denselben nicht wiedersehen: Leichtsinn
und Liebesleidenschaft führten ihn in Petersburg zu schlimm=
sten Erlebnissen, er starb nach wenig Jahren im Irrenhause.
Am 5. Juli war Spohr wieder in Braunschweig und fand
sich von allen Seiten aufs herzlichste aufgenommen: die
Lehrzeit war überwunden, der fertige Künstler stand da.

2. Erste Erfolge.

(1803—1806.)

„Wollen wir so fürs Leben miteinander musiciren?"

Die erste Probe seiner jetzigen Meisterschaft sollte Spohr
bald bestehen. Der damals weltberühmte Rode besuchte
Braunschweig. „Je öfter ich ihn hörte, desto mehr wurde
ich von seinem Spiele hingerissen," sagt er selbst. „Ja
ich trug kein Bedenken, Rode's Spielweise, damals noch
ganz der Abglanz der seines großen Meisters Viotti, über
die meines Lehrers Eck zu stellen und mich eifrigst zu be=
fleißigen, sie mir durch sorgfältiges Einüben möglichst an=
zueignen." Er wurde so unter allen damaligen jungen
Geigern die getreueste Copie von Rode, und sein erstes
Auftreten war von so glänzendem Erfolge, daß dieser
Tag einer der glücklichsten seines Lebens blieb.

Bald darauf ging es denn auch auf eine Kunstreise,
zu der der treffliche Herzog den Urlaub leicht gewährte. Der
Anfang war nach Wunsch, das Ziel sollte Paris sein.
Allein auf der ersten Station, wo Concert gegeben werden
sollte, fand sich zu des Künstlers höchstem Schrecken der
Koffer vom Wagen los geschnitten und dieser enthielt das
Reisegeld und was schlimmer war, die edle Guarneri=Geige.
Mit gezogenem Hirschfänger rannte Spohr wie rasend zum

Thore hinaus. Vergebens! Der leere Koffer ward am Morgen gefunden, der Violinkasten daneben, aber er enthielt nur den — Bogen. Nun blieb nichts übrig als zurückzukehren. Erst im Herbst 1804 ward dann eine zweite Reise unternommen, deren Ziel Leipzig war, das schon damals neben Wien einen musikalischen Ruf zu bekommen begann. Allein eine kleine Begebenheit zeigt uns, daß wie wir Nachlebenden es dort mit R. Wagner erfuhren, Spohr es damals mit Beethoven erlebte. Er war zu einer großen Abendgesellschaft dieser reichen Kaufleute eingeladen und wählte zum Vortrage eines der Quartette Op. 18, mit dem er in Braunschweig so oft entzückt hatte. Allein wenn schon seine Mitspieler mit dieser Musik noch unbekannt und daher unfähig waren in den Geist derselben einzubringen, so blieb die Gesellschaft diesen hehren Tönen, die einem Wagner noch in späten Jahren Thränen des wonnigsten Wehs entlocken konnten, so taub, daß sich sogar eine allgemeine Unterhaltung entspann, die das Quartett fast übertönte. Spohr sprang daher mitten im Spiele auf und eilte zu seinem Geigenkasten. Dies erregte große Bewegung und er entgegnete dem betroffenen Hausherrn: „Ich war bisher gewohnt, daß man meinem Spiele mit Aufmerksamkeit zuhörte; da dies hier nicht geschah, so glaubte ich der Gesellschaft gefällig zu sein, indem ich aufhörte." Der Hausherr bat dann verlegen aber freundlich um etwas, was ihrem Geschmacke und Fassungsvermögen angemessener wäre, und Spohr fand dann mit einem Rodeschen Quartett eine lautlose Zuhörerschaft, ja mit seinem Paradepferd, den Rodeschen Variationen, volles Entzücken der sämmtlichen Anwesenden. Und dies war eines derjenigen Quartette Beethovens gewesen, von denen ihr eigener Schöpfer ausrief, man merke ihnen an, daß sie ein junger Mann von viel Empfindung geschrieben habe, — allerdings in einer Epoche seines Schaffens, in der er die höchsten Wunder wirkte, die es in diesem Style

2

giebt, seine Letzten Quartette! Gerade durch seinen
verständnisvollen Vortrag aber wurden dann hier in
Leipzig jene Quartette Op. 18 zu voller Anerkennung gebracht und so auch Beethoven selbst der Weg zu dem
Beutel dieser „reichen Handelsherren" besser geebnet. Von
Spohrs Spiel aber heißt es damals: „Seine Individua-
lität neigt ihn am meisten zum Großen und in sanfter
Wehmuth Schwärmenden; Herr Spohr kann alles, aber
durch jenes reißt er am meisten hin. Die Seele, der Flug
der Phantasie, das Feuer, die Zartheit, die Innigkeit des
Gefühles, der feine Geschmack und nun seine Einsicht in
den Geist der verschiedenen Compositionen und seine Kunst,
jede in diesem ihrem Geiste darzustellen, dies macht ihn
zum wahren Künstler." Dieser Bericht war von Mozarts
Verehrer Rochlitz und stand in der Allgemeinen musikalischen Zeitung. Damit war also Spohrs Ruf in Deutschland begründet und das Lebensgeschick des kaum zwanzigjährigen Künstlers entschieden.

Spohr ward aber auch jetzt ein förmlicher Apostel
Beethovens, und wie nothwendig solch persönliches Ver-
treten dieser Werke ward, zeigt der sogleich folgende Vorfall in Berlin. Es war beim Fürsten Radziwill, der die
bekannte Musik zum Faust geschrieben hat und Beethoven aufrichtig verehrte. Es waren unter anderen ersten
Künstlern der Stadt der berühmte Cellist Bernhard Romberg, der mit Beethoven gemeinsam in der Bonner Hofcapelle gestanden war, und Seidler anwesend. „Ich hatte
Romberg noch nicht gehört und war entzückt von seinem
Spiele," erzählt Spohr. „Nun selbst zu einem Vortrage
aufgefordert, glaubte ich solchen Künstlern und Kennern
nichts Würdigeres bieten zu können als eines meiner Lieb-
lingsquartette von Beethoven. Doch abermals mußte ich
bemerken, daß ich einen Fehlgriff gethan hatte. Denn die
Musiker Berlins kannten diese Quartette ebensowenig wie
die Leipziger und wußten sie daher auch weder zu spielen

noch zu würdigen. Nachdem ich geendigt, lobten sie zwar mein Spiel, sprachen aber sehr geringschätzend von dem, was ich vorgetragen hatte. Ja Romberg fragte mich geradezu: Aber lieber Spohr, wie können Sie nur so barockes Zeug spielen?"

Hier in Berlin lernte er auch den so sehr musikalischen Prinzen Louis Ferdinand kennen, der allerdings Beethoven besser verstand und sich kurz zuvor auf einem Besuche bei dessen Freunde Fürst Lobkowitz in Böhmen sogar die damals noch völlig mißverstandene Eroica hatte **dreimal hintereinander** vortragen lassen. Spohr war aber durch seine Erfahrungen „gewitzigt" und spielte nur Compositionen, in denen er als Geiger glänzen konnte. Von den Orgien aber, in die sich des Prinzen Musikpartien aufzulösen pflegten, war er um so weniger erbaut, als er dort von einer jungen italienischen Sängerin Rosa Alberghi begleitet war, deren Herz er sich zugewendet hatte.

Eine weitere Bekanntschaft war der dreizehnjährige Meyer Beer. „Der talentvolle Knabe erregte schon damals durch seine Virtuosität auf dem Pianoforte solches Aufsehen, daß seine Verwandten und Glaubensgenossen nur mit Stolz auf ihn blickten," berichtet Spohr. „Man erzählte sich, daß einer von ihnen aus einer Vorlesung über Astronomie zurückkehrend den Seinen voll Freude zurief: Denkt euch, man hat unseren Beer schon unter die Sterne versetzt! Der Professor zeigte uns ein Sternbild, das ihm zu Ehren der ‚kleine Beer' genannt wird." Er war so klug, den jungen Virtuosen zur Mitwirkung in seinem Concerte einzuladen, was dem Besuche desselben sehr zustatten kam, denn es war das erste öffentliche Auftreten des Knaben und seine Glaubensgenossen wußten den Augenblick zu würdigen.

Derweilen hatte sich jene südlich feurige italienische Sängerin immer inniger an ihn angeschlossen und ihm unverhohlen ihre Zuneigung gezeigt. Er mußte sich aber

2*

bei näherer Bekanntschaft sagen, daß sie zu seiner Lebens-
gefährtin sich nicht eigne, und hatte daher jede Erklärung
sorgfältig vermieden. Denn so liebenswürdig und unver-
dorben sie war, so fand er ihre Erziehung zu sehr vernachlässigt, und was ihn besonders abstieß, war die natio-
nale Bigotterie, die sogar den lutherischen Ketzer selbst
manchmal hatte bekehren wollen. Sie zerfloß beim Abschied in Thränen und drückte ihm bei der letzten Um-
armung ein Andenken von ihrem schönen schwarzen Haare
in die Hand. Ja im nächsten Frühjahr meldete sie ihre
Ankunft in Braunschweig und war auf echt italienische Art
in ihrer herzlichen Wiedersehensfreude so unbefangen, daß
sie die Erwiderung ihrer Gefühle für zweifellos hielt und
auf der Rückreise sich sogar bei seinen Eltern einführte,
die sie denn auch ebenso unbefangen als seine Verlobte
umarmten. Spohr war nicht wenig erschrocken und der
Vater wollte einem „so herrlichen Mädchen" gegenüber
seine Gründe nicht gelten lassen. Wir werden aber
Spohrs Gefühl als wohlberechtigt erkennen. Denn ein
verehrtes Mädchen ist noch lange nicht auch Gefährtin
fürs Leben.

Im Sommer 1805 wurde Spohr zum Concertmeister
in Gotha erwählt. Sein Alter mußte dabei der Capelle
gegenüber um vier bis fünf Jahre erhöht werden. Sein
Herzog bewies sich auch in diesem Falle als der gleiche
gütige Herr, der nur das Wohl der Seinen im Auge
hatte. „Mein lieber Spohr!" entgegnete er auf das Ent-
lassungsschreiben. „Ich habe mit vieler Theilnahme den
Beifall vernommen, welchen Ihr Spiel in Gotha gefunden hat. Das vortheilhafte Anerbieten ist von der Art,
daß es ganz Ihren Talenten entspricht, und da ich jeder-
zeit vielen Antheil an Ihrem Glück und Wohlergehen ge-
nommen habe, so kann ich nicht anders als Ihnen Glück
zu der Stelle wünschen, worin Sie unstreitig mehr Gelegenheit finden werden Ihre Talente auszuüben." Er

enthielt sich dabei zum erstenmale des „wohlwollenden
väterlichen Du" gegen seinen Schützling und sagte beim
Abschied zu dem tiefgerührten jungen Manne: „Sollte es
Ihnen, lieber Spohr, in Ihrer neuen Stellung nicht ge=
fallen, so können Sie jeden Augenblick in meine Dienste
zurückkehren." Ein Jahr später und er erlag bei Jena
den anstürmenden Franzosenmassen als einer der Führer
der gleichen Preußen, mit denen er gegen diese zuerst sei=
nen Feldherrnruf erworben hatte.

Das gleiche Schicksal traf bekanntlich den Prinzen
Louis Ferdinand, von dem uns Spohr auch noch eine
kleine Erinnerung bietet. Es war Manöver bei Magde=
burg und Spohr war zu den Musikpartien geladen. Es
wogte ein sonderbar wild bewegtes Leben um den Prinzen.
Oft schon um sechs Uhr wurde er mit dessen Musikmeister
Dussek aus dem Bette gejagt und im Schlafrock zu dem
Prinzen beschieden, der bei der großen Sommerhitze sogar
in noch leichterem Costüme am Clavier saß. Nun begann
das Probiren für die Abendmusiken und dauerte oft so
lange, bis der Saal sich mit besternten Offizieren gefüllt
hatte. Dieser sonderbare Contrast genirte den Prinzen
durchaus nicht. Es mußte erst alles gut gehen und dann
ging's nach einem raschen Frühstück an das andere Exer=
ciren. Von Honorirung war freilich diesmal nicht die
Rede, es war wieder einmal Ebbe in der prinzlichen Kasse
und sein baldiger Tod machte das Wiedereinholen des
Versäumten unmöglich.

In Gotha standen tüchtige Künstler zu seiner Ver=
fügung und des Herzog Augusts Musikliebe ist ja aus
Webers Leben bekannt. Außer dieser künstlerischen Be=
friedigung ward Spohr aber auch hier bald die seines
Herzens zutheil. Die Hofsängerin Frau Scheidler hatte
eine achtzehnjährige Tochter Dorette, deren Virtuosität
auf der Harfe ihm schon gerühmt worden war. „Ich er=
kannte in dieser reizenden Blondine das Mädchen wieder,

welches ich bei meinem ersten Aufenthalte in Gotha be=
reits gesehen und deren freundliche Gestalt mir seitdem
oft vorgeschwebt hatte," erzählte er. „Sie saß nämlich
bei dem Concerte, welches ich damals gab, in der ersten
Zuhörerreihe neben einer Freundin, die bei meinem Auf=
treten, über eine so lange und schlanke Gestalt erstaunt,
wohl lauter als sie es wollte, ausrief: ‚Sieh doch, Dorette,
welch eine Hopfenstange!‘ Da ich dies gehört hatte, warf
ich einen Blick auf die Mädchen und sah Dorette verlegen
erröthen. Mit einem solchen holden Erröthen stand sie
jetzt abermals vor mir, wahrscheinlich sich jenes Vorfalls
erinnernd. Um dieser für mich peinlichen Lage ein Ende
zu machen, bat ich sie mir etwas vorzuspielen. Ohne
Ziererei erfüllte sie meinen Wunsch." Sie spielte vortreff=
lich, sodaß Spohr, der das Instrument einmal selbst ge=
übt hatte, ausruft: „Ich war so ergriffen, daß ich kaum
die Thränen zurückhalten konnte. Mit einer stummen
Verbeugung schied ich, — mein Herz aber blieb zurück."

Der Verkehr im Hause ward dann bald um so inniger,
als zugleich die holdeste Muse die beiden unschuldsvollen
Herzen verband. „Das waren glückliche Stunden!" ruft
er aus, als er für sie und sich eine concertirende Sonate
geschrieben und ihr aufs sorgfältigste eingeübt hatte. Bald
darauf muß er sie im Wagen zu einem Hofconcerte ab=
holen. „So zum erstenmal allein mit dem geliebten Mäd=
chen drängte es mich ihr meine Gefühle zu gestehen," er=
zählt er, „doch fehlte mir der Muth und der Wagen hielt,
bevor ich nur eine Silbe hatte über die Lippen bringen
können. Als ich ihr beim Aussteigen die Hand reichte,
fühlte ich an dem Beben der ihrigen, wie bewegt auch sie
war. Dies gab mir neuen Muth und fast wäre ich noch
auf der Treppe mit meinem Geständnisse herausgeplatzt,
hätte sich nicht soeben die Thüre zum Gesellschaftszimmer
geöffnet." Ebenso nahe aber stand die Eröffnung dieser
Herzen. „Wir spielten an diesem Abende mit einer Be=

geisterung und einem Einklange des Gefühles, die nicht nur uns selbst ganz hinriß, sondern auch die Gesellschaft so elektrisirte, daß sie unwillkürlich aufsprangen, uns umringten und mit Lobsprüchen überhäuften," heißt es weiter. „Die Herzogin flüsterte dabei Doretten einige Worte ins Ohr, welche sie erröthen machten. Ich deutete auch dies zu meinen Gunsten und so gewann ich auf der Rückfahrt den Muth zu fragen: ‚Wollen wir so fürs Leben miteinander musiciren?' Mit hervorbrechenden Thränen sank sie mir in die Arme: das Band für das Leben war geschlossen! Ich führte sie zur Mutter hinauf, die segnend unsere Hände ineinander legte."

Sein erster Brief war an die Eltern gerichtet, der zweite an die schwarzäugige Rosa. Dieser aber blieb unbeantwortet und Spohr hörte später in Dresden, daß sie nach Italien zurückgekehrt und von ihrer Frömmigkeit getrieben in ein Kloster gegangen sei. „Ich konnte nie ohne tiefe Wehmuth an das liebe Mädchen denken," schließt er: sein Herz hatte ihn aber auch hier nicht getäuscht.

Nach wenig Wochen fand die Trauung statt, der Taufschein erwies zum Erstaunen der Betheiligten, daß der Herr Bräutigam in Gotha anstatt älter um einige Jahre jünger geworden war. Die Trauung fand der dabei interessirten gütigen Frau Herzogin wegen in der Schloßkapelle statt. Bei dem heiteren Hochzeitsfeste fehlte auch die Gespielin nicht, die den Bräutigam mit einer Hopfenstange verglichen hatte, sie mußte sich für solchen ungebührlichen Vergleich manche Neckerei gefallen lassen. Wie beglückend aber diese seine Ehe auf unseren Künstler wirkte, werden wir sehen: jetzt war sein Inneres in jeder Weise beseligt erfüllt und dies hat einen Strahl höheren Lichtes über sein ferneres Dasein als Künstler wie als Mensch geworfen.

————

3. Allerlei Erlebungen.

(1806—1812.)

„Unter Musik verlebte das glückliche Paar auch die Flitterwochen," erzählt Spohr. Er hatte jetzt nichts Eiligeres zu thun als auch die Natur des Instrumentes zu erforschen, das seine geliebte Frau so zart und kräftig zugleich spielte, und brachte es dabei auf ganz neue Wirkungskräfte desselben. Ja um auch in der Kunst möglichst gemeinsam mit seiner Dorette zu wirken, schuf er eigens concertirende Compositionen für Violine und Harfe und kam dabei, um beide Instrumene thunlichst ihrer Natur nach erklingen zu lassen, auf den Gedanken, die Harfe, die am schönsten in den B-Tönen klingt, einen halben Ton tiefer als die Violine zu stimmen, die am hellsten in den Kreuztönen tönt. Dann wurde eine Nadermann'sche Pedalharfe gekauft und ein besonderer Wagen ausgedacht, der alles miteinander, Mann und Frau, Harfe und Violine, bequem bergen konnte: denn die Hauptsache war jetzt auf Reisen Ruhm und Geld zu gewinnen. Da sind denn mancherlei Einzelnheiten zu berichten, die allerdings oft mehr die Culturgeschichte als die Kunst angehen, aber doch, da ja die letztere in ihrer Geltung und Beachtung nur zu sehr von dem Stande der allgemeinen Cultur abhängt, auch hier von einiger Bedeutung erscheinen.

Nach der Geburt eines Töchterchens ging es also im nächsten Jahre 1807 auf die Wanderschaft. „In Weimar spielten wir mit großem Beifalle bei Hofe" erzählt er. „Unter den Zuhörern befanden sich auch Goethe und Wieland. Letzterer schien von den Vorträgen ganz hingerissen zu sein und äußerte dies in seiner lebhaft freundlichen Weise. Auch Goethe richtete mit vornehm kalter Miene

einige lobende Worte an uns." Leipzig gab ihm diesmal
„im Ton und Ausdruck, in Sicherheit und Fertigkeit" das
Zeugnis einer der ersten der lebenden Violinisten. Dresden und Prag waren gleicherweise über das seltene Künstlerpaar entzückt. Von München vernehmen wir etwas über
den so herzensgütigen ersten König von Bayern, den Ur-
großvater des in der Geschichte unserer geistigen Entwicklung
unübertroffen dastehenden Monarchen, der uns „Bayreuth"
geschenkt. „Als wir vortraten, fehlte es an einem Stuhle
für Dorette," erzählt Spohr. „Der König Max, der neben
seiner Gemahlin in der ersten Reihe der Zuhörer saß, bemerkte es und brachte sogleich seinen eigenen vergoldeten
und mit der Königskrone geschmückten Lehnsessel, bevor
noch ein Diener das Fehlende herbeischaffen konnte. In
seiner freundlich-gutmüthigen Weise bestand er darauf, daß
Dorette sich dessen bedienen solle, und erst dann, als
ich ihm bemerklich machte, daß die Armlehnen beim Spielen hinderlich sein würden, gestattete er, daß sie den vom
Bedienten herbeigebrachten Stuhl annahm. Nach beendetem Spiele stellte er selbst uns der Königin und ihrer
Umgebung vor, die sich auf das zuvorkommendste mit uns
unterhielt." Wir werden sogleich die Kehrseite solchen
deutschen Fürstenwesens von damals kennen lernen.

Etwas Charakteristisches hören wir von Peter Winter,
dem in Mozarts Briefen nicht eben das schönste Denkmal
steht. Spohr war oft bei dem Componisten des „Opfer-
festes", der ihn in seiner aufrichtig derben Weise seines Beifalles versicherte, und ergötzte sich an dessen originellem Wesen, das die sonderbarsten Widersprüche in sich vereinigte.
Winter, gleich Spohr von kolossalem Körperbau und be-
gabt mit riesiger Kraft, war dabei furchtsam wie ein Hase.
Die jüngeren Mitglieder der Hofcapelle neckten ihn denn
unaufhörlich und hatten namentlich wegen seiner Furcht vor
Geistern ihm einmal eine höchst komische Spukgeschichte
angethan. Er besuchte im Sommer öfters einen öffent-

lichen Garten vor der Stadt, kehrte aber, da er sich im
Dunkeln fürchtete, stets vor anbrechender Nacht zurück.
Eines Tages nun hatten ihn die muthwilligen jungen
Leute durch allerlei Künste länger als gewöhnlich aufge-
halten, es war schon dämmerig, als er den Rückweg antrat. Da die übrigen Gäste in guter Ruhe sitzen blieben,
so fand er seinen Weg, der zwischen düstern Hecken hin-
lief, schauerlich einsam. Es überfiel ihn daher eine fürch-
terliche Angst und unwillkürlich fing er an zu traben.
Kaum war dies geschehen, so fühlte er eine schwere Last auf
seinem Rücken und glaubte nun nicht anders, als es sei
ein Kobold auf ihn herabgesprungen. Da er noch Mehrere
hinter sich her traben hörte, so schien ihm, als sei die ganze
Hölle auf seinen Fersen, und er rannte nur noch stärker.
Schweißtriefend keuchend kam er endlich am Thore an.
Da sprang der Kobold von seinem Rücken und sprach mit
wohlbekannter Stimme: „Ich danke Ihnen, Herr Capellmeister, daß Sie mich getragen haben, denn ich war sehr
müde." Ein Kichern der Andern folgte dieser Rede, während der Gefoppte in seinen gewohnten unbändigen Zorn
ausbrach. Eine andere Neigung theilte Winter mit dem
großen Contrabassisten Dragonetti, für den Beethoven die
mächtigen Recitative der Neunten Symphonie gewagt hat.
Wie dieser leidenschaftlich mit Puppen, so spielte Winter
stundenlang mit den Figuren des weihnachtlichen Krippen-
spiels. „Müssen Sie denn ewig spielen? Setzen Sie sich
sogleich ans Clavier und machen Sie Ihre Arie fertig!"
rief dann wohl seine Haushälterin zu.

In Stuttgart lernen wir einen solchen gekrönten Her-
kules kennen, der ja auch in Webers Leben eine Rolle
spielt, den unmäßig dicken König Karl. „Meine Aufmerksamkeit wurde besonders auf den Spieltisch des Königs
gelenkt, an welchem, um es der Majestät bei ihrer Cor-
pulenz bequemer zu machen, ein halbrunder Ausschnitt an-
gebracht war, in welchen der Bauch des Königs genau

hineinpaßte," erzählt Spohr. „Der große Umfang desselben und der kleine des Königreiches haben bekanntlich
Veranlassung zu der hübschen Carricatur gegeben, auf
welcher der König im Krönungsornate, die Landkarte seines
Reiches auf dem Hosenblatte, in die Worte ausbricht: Ich
kann meine Staaten nicht überblicken." Derselbe Poten-
tat, von Napoleon I. le grand cochon genannt, hatte
übrigens einen Charakter, der seiner gemüthlichen Erscheinung durchaus nicht entsprach. „Würtemberg seufzte damals unter einer Despotie, wie sie das übrige Deutschland wohl nie gekannt hat," schreibt Spohr. „So mußte,
um einiges anzuführen, jeder, der den Schloßhof betrat,
den Weg vom Thore bis zum Portale, es mochte regnen
oder schneien, mit entblößtem Haupt zurücklegen, weil
Se. Majestät nach dieser Seite hin wohnte. Ferner war
jeder Civilist auf Allerhöchsten Befehl gehalten, vor den
Schildwachen den Hut abzuziehen, ohne daß diese ihm die
Honneurs zu machen brauchten. Im Theater war es durch
Anschlag strenge verboten Beifall zu klatschen, bevor nicht
der König damit begonnen hatte. Die Majestät steckte
aber ihre Hände wegen der strengen Winterkälte in einen
großen Muff und brachte sie nur heraus, wenn Höchstdie-
selben das Bedürfnis fühlten eine Prise zu nehmen. War
dies geschehen, dann wurde unbekümmert um das, was
gerade auf dem Theater geschah, auch geklatscht. Der
Kammerherr, welcher hinter dem Könige stand, fiel sogleich
ein und gab dadurch dem loyalen Volke das Zeichen, nun
auch seinerseits Beifall zu spenden. So wurden denn fast
immer die interessantesten Scenen und besten Stücke der
Oper durch einen heillosen Lärm gestört und unterbrochen."
Bei solcher Thrannei der königlichen Launen war es
den Stuttgartern daher ein großes Erstaunen, als sie
hörten, was nach seiner königlich freien deutschen Art
Spohr bei seinem Auftreten im Hofconcerte sich ausbe-
dungen und bewilligt erhalten hatte. Gleich der Herzogin

von Braunschweig ließ König Karl nur während des Spieles Concert sein. Spohr nahm sich die Freiheit, für sich und seine Frau zu erbitten, während ihres Spieles das Kartenschlagen aufzuheben. „Wie? Sie wollen meinem gnädigsten Herren Vorschriften machen? Nie werde ich es wagen, Ihm dies vorzutragen!" rief einen ganzen Schritt zurücktretend der erschrockene Hofmarschall. „Dann muß ich auf die Ehre verzichten bei Hofe gehört zu werden," entgegnete einfach der Künstler. Wie es nun angefangen ward, dem hohen Herren, dessen Heftigkeit auch C. M. von Weber zu erfahren hatte, solch Unerhörtes vorzutragen, vernehmen wir nicht. Nur hörte Spohr, Se. Majestät werde die hohe Gnade haben, nur müßten die Musikstücke der Beiden einander sogleich folgen, damit Se. Wohlbeleibtheit nicht öfter incommodirt würde.

So geschah es denn auch. Während der Ouverture und der Arie liefen die Bedienten geräuschvoll hin und her, um Erfrischungen anzubieten und die Kartenspieler riefen ihr „Ich spiele! Ich passe!" so laut, daß von der Musik und dem Gesange nichts Zusammenhängendes zu hören war. Dann kam der Hofmarschall, um Spohr anzukündigen, daß er sich bereit halten solle. Zugleich benachrichtigte er den König. Alsbald erhob sich dieser und mit ihm alle Uebrigen. Die Bedienten stellten zwei Stuhlreihen auf, der Hof ließ sich nieder. „Unserem Spiele wurde in großer Stille und mit Theilnahme zugehört," heißt es weiter. „Doch wagte niemand ein Zeichen des Beifalles laut werden zu lassen, da der König damit nicht voranging. Seine eigene Theilnahme an den Vorträgen zeigte sich nur am Schlusse derselben durch ein gnädiges Kopfnicken, und kaum waren sie vorüber, so eilte alles wieder zu den Spieltischen und der frühere Lärm begann von neuem." So wie dann der König das Spiel beendet hatte und den Stuhl rückte, wurde das Concert mitten in einer Arie abgebrochen, sodaß der Sängerin die letzten

Töne förmlich im Halse stecken blieben. Die Musiker, an solchen Vandalismus gewöhnt, packten ruhig ihre Instrumente in die Kasten. „Ich war im Innersten empört über eine solche Entwürdigung der Kunst," endigt Spohr, und wir wissen, daß im Jahre 1814 in Wien Beethoven und im Jahre 1876 in Bayreuth Wagner Kaiser und Könige zu Gästen hatten. Spohr aber war ihnen ein würdiger Vorgänger gewesen.

„In Stuttgart lernte ich auch zuerst den so berühmt gewordenen Carl Maria von Weber kennen, mit dem ich dann bis zu seinem Tode stets in freundschaftlicher Verbindung blieb," erzählt Spohr weiter. „Ich erinnere mich noch sehr gut damals einige Nummern aus der Oper ‚Der Beherrscher der Geister' bei ihm gehört zu haben. Diese kamen mir aber, da ich gewohnt war, bei dramatischen Arbeiten stets Mozart als Maßstab anzulegen, so unbedeutend und dilettantenmäßig vor, daß ich nicht im entferntesten ahnte, es werde Weber einst gelingen können, mit irgend einer Oper Aufsehen zu erregen," — ein neuer Beweis, wie schwer es ist, eines Menschen besondere Begabung zu erkennen.

Die Rückkehr nach Gotha brachte die beiden Künstler wieder in gewohnte Verhältnisse. Dorette hatte von Heidelberg das Zeugnis bekommen, sie spiele „mit einer Zartheit, Leichtigkeit und Anmuth, mit einer Sicherheit und Stärke, mit einem Ausdruck, der hinreißend sei," und so war es nur natürlich, daß sobald wie thunlichst wieder Concertreisen stattfanden. Diese und das Dirigiren von Musikfesten erweiterten Spohrs Ruf immer mehr. Dazwischen aber unterbrach er auch seine Compositionsthätigkeit nicht. Ein paar Opern und das „jüngste Gericht" entstanden in dieser Zeit bis zum Jahre 1812. Die ersten hatten wohl den Beifall der Zuhörer, aber behielten ihn sowenig wie das Oratorium bei dem Componisten selbst, und dies, obwohl er dazu vorerst die nöthigen Vor-

ftubien in Marpurgs „Kunst der Fuge" gemacht hatte.
Doch für einige Chöre und Fugen des Werkes sowie für
die Partie des Satanas behielt er eine solche Vorliebe, daß
er sie fast für das Großartigste erklärte, was er je zu
Stande gebracht. In den Chören des „Faust" und in der
Gestalt des Mephistopheles sollte beides mehr für die
Dauer wiedererscheinen.

Endlich im Herbst 1812 führte ihn ein wohlbegreif=
liches Sehnen auch nach Wien. Er fühlte sein Herz
klopfen, als er über die Donaubrücke fuhr. Denn zu
gleicher Zeit war der „größte Geiger der Zeit", Rode
aus Rußland zurückgekehrt und concertirte in Wien. Die
Aufnahme entsprach aber auch hier seinem edlen Können,
ja ward entscheidend für sein ferneres Dasein. „Spohr
ist unstreitig im Angenehmen und Zarten die Nachtigall
unter allen jetzt lebenden Violinspielern," sagte die Musik=
zeitung. Dagegen vermißte man bei Rode das „was alle
Herzen elektrisirt, den Zauber der alles entzückt und be=
geistert." Er selbst fand Rode, den auch Beethoven da=
mals kennen lernte und beim Zusammenspiel als „wenig
musikalisch" erkannte, „sehr zurückgegangen" und spielte
ihm eines Tages, sowie einst Liszt es mit Chopin gethan,
eine seiner eigenen Compositionen genau in der Weise
vor, wie er sie zehn Jahre zuvor so oft von ihm gehört
hatte, die aber jetzt zu einer Manier verschliffen war, die
nahe an Carricatur grenzte. „Nach beendetem Spiele
brach die Gesellschaft in großen Jubel aus und so mußte
mir denn auch Rode Schicklichkeitshalber ein Bravo zu=
rufen," erzählt er. „Doch sah man deutlich, daß er sich
durch meine Indelikatesse verletzt fühlte. Und dies mit
vollem Recht. Ich schämte mich bald derselben und er=
wähne des Vorfalles nur, um zu zeigen, wie sehr ich mich
damals als Geiger fühlte."

In dem Augenblicke nun, als er „in hohem Grade mit
Wien zufrieden" weiter reisen wollte, trug ihm Graf Palffy,

aus Beethovens Leben bekannt genug, die Stelle als Capellmeister seines Theaters an der Wien auf drei Jahre
an. Da nun nicht bloß sein Gehalt dadurch sich ver-
doppelte, sondern auch die besten Kräfte an das Theater
gezogen waren und Spohr selbst das Orchester herstellen
sollte, so schlug er ein und sah sich bald an der Spitze
einer der ersten Capellen Deutschlands, deren Mitglied
eben damals auch sein Schüler Moritz Hauptmann ward.
Die Trennung von Gotha war schwer, besonders die Frau
Herzogin wollte es nicht begreifen, daß das so aufrichtig
geliebte Künstlerpaar sie dauernd verließ. Doch das sichere
Gefühl in größeren Verhältnissen auch selbst zu wachsen,
ließ ihn alle Schwierigkeiten überwinden, und man darf
ruhig sagen, ohne Wien wäre wohl Spohr, der große
Geiger, aber nicht der Spohr erstanden, der auch außerhalb
der Grenzen seines Instrumentes etwas gilt. Zudem ward
jene Zeit von 1812—15 auch in der Musik noch einmal
Wiens große Zeit: die Kriege und der Wiener Congreß
gaben Anlaß zu sehr hervorragenden öffentlichen Kundge-
bungen auch in der Musik und diese fanden zu ihrer würd-
bigen Erfüllung den richtigen Mann, — Beethoven.

4. In Wien.
(1813—1815.)

Die Berufung nach Wien wäre für unseren Künstler nahezu eine vergebliche gewesen. Beim Mittags-
tisch auf der Rückreise nach Gotha geschah ihm der Unfall,
daß er beim Abschneiden des Schwarzbrodes auf einen
Stein gerieth: das scharfe Messer sprang ab, fuhr in die
Kuppe seines linken Zeigefingers und schnitt ein bedeutendes Stück Fleisch ab, das auf dem Teller vor ihm nieder-
fiel. „Dieser Anblick oder vielmehr der Gedanke, daß es

nun mit meinem Violinspiele zu Ende sei und ich nicht
mehr im Stande sein werde, mich und die Meinigen zu
ernähren, erschreckte mich so, daß ich bewußtlos vom Stuhle
niedersank," erzählt der Mann von dem „herkulischen Körperbau". Als er nach etwa zehn Minuten die Besinnung
wiedergewann, sah er die ganze Gesellschaft in Aufruhr
und um ihm beschäftigt. Sein erster Blick fiel auf den
Finger, den er mit einem großen Stück englischen Pflasters
umwickelt fand. Es hatte sich fest in die Vertiefung hinein-
gelegt. Denn wenn auch nicht die ganze Kuppe, so war
doch fast die Hälfte derselben mit einem großen Stück
Nagel fort. Der Arzt ließ zum Glück alles unberührt
und so war bei der Rückkunft nach Wien die Wunde fast
geheilt. „Zu meinem Erstaunen und noch viel mehr zu
dem der Wundärzte," erzählt er jedoch, „war unter dem
englischen Pflaster neues Fleisch gewachsen und hatte sich
bis zu dem früheren Umfange ausgedehnt. Auch das
fehlende Stück Nagel war nachgewachsen, jedoch nur noth-
bürftig mit dem übrigen Nagel verbunden, sodaß eine Vertiefung zurückblieb." Jedoch konnte er mit Hilfe eines
Lederüberzuges den Finger wieder gebrauchen und war so
auch der eigentlichen Lebenssorge bald baar.

Er führte nun ein sehr thätiges, im Genusse des Fa-
milienglückes auch höchst zufriedenes Leben und der Umgang mit Wiens Künstlern, überhaupt die ganze gerade in
seiner Geistessphäre höchst angeregte Kaiserstadt schwellte
ihm die Segel so, daß er wohl kaum je wieder in solcher
frohen und ergiebigen Schaffenslaune sich befunden hat.
„Der frühe Morgen fand mich schon am Clavier oder am
Schreibtische," erzählt er, „und auch jede andere Zeit, die
mir der Orchesterdienst und mein Unterrichtgeben frei ließen,
wurde der Composition gewidmet. Ja mein Kopf gährte
und arbeitete so unaufhörlich, daß ich selbst auf dem Weg
zu meinen Schülern, sowie auf Spaziergängen fortwährend
componirte und dadurch bald die Fähigkeit gewann, lange

Perioden, ja ganze Musikstücke im Kopfe völlig auszuarbeiten, die dann ohne weitere Nachhilfe niedergeschrieben werden konnten. Sobald dies geschehen, waren sie in meinem Gedächtnisse wie ausgelöscht und ich hatte wieder Raum für neue Combinationen. Dorette schmälte oft auf unseren Spaziergängen über dieses unaufhörliche Denken und war froh, wenn das Geplauder der Kinder mich davon abzuziehen vermochte. War dies einmal geschehen, so gab ich mich gern den äußeren Eindrücken hin; nur durfte man mich nicht in mein Grübeln zurückfallen lassen, was Dorette auch stets mit großer Gewandtheit zu verhüten wußte."

Sie vergnügten sich mit ihren Kindern an all dem lebendigen Leben in und um Wien, am Prater, in Schönbrunn, bei der „Spinnerin am Kreuz", in Laxenburg, Baden und der Brühl und er bekennt nur das ganze innige Gemüthsleben seiner deutschen Natur, wenn er noch in diesen späten Jahren der Aufzeichnung sagt: „Ich und meine Frau, im Gemüthe selbst noch halbe Kinder, nahmen an der Freude unserer Lieblinge bei diesen Caroussels, Puppen- und Hundecomödien und anderen Herrlichkeiten den innigsten Antheil. Es war eine schöne, frohe und sorgenlose Zeit."

Sie zeugte denn auch Spohrs umfangreichstes dramatisches Werk, den „Faust". Doch stammt die heutige Form der Partitur aus dem Jahre 1852.

Schon vor der Reise nach Gotha hatte er einen Opernstoff im Auge, den der damals so gefeierte Theodor Körner ihm bearbeiten sollte, der auch mit Beethoven wegen eines Operntextes verkehrte. Doch der Tod riß den liebenswürdigen Jüngling bald hinweg. Seine Freunde hatten ihm den Entschluß für die Befreiung seines Vaterlandes zu kämpfen auszureden getrachtet. Doch nicht allein diese Begeisterung war es, was ihn forttrieb, sondern zugleich eine unerwiderte Neigung zu der schönen Toni Adam-

berger, für die kurz zuvor Beethoven Clärchens Lieder im
Egmont geschrieben hatte.   Da trat denn ein anderer
Freund Beethovens, der Dichter Carl Bernard ein, der
das Volksbuch des Faust zu einem buntgemischten Operntext bearbeitet hatte.   Spohr erzählt darüber:

„Aus dem Verzeichnis meiner Compositionen ersehe
ich, daß ich diese Oper in weniger als vier Monaten, von
Ende Mai bis Mitte Septembers, geschrieben habe.   Noch
jetzt ist mir erinnerlich, mit welcher Begeisterung und Aus-
dauer ich daran arbeitete.   Hatte ich einige Nummern
vollendet, so eilte ich damit zu Meyerbeer, der sich damals in Wien aufhielt, und bat ihn, sie mir aus der
Partitur vorzuspielen, worin dieser sehr excellirte.   Ich
übernahm dann die Singstimme und trug sie in ihren
verschiedenen Charakteren mit großer Begeisterung vor.
Reichte meine Kehlfertigkeit nicht aus, so half ich mir mit
Pfeifen, worin ich sehr geübt war.   Meyerbeer nahm großes
Interesse an dieser Arbeit, welches sich bis in die neueste
Zeit erhalten zu haben scheint, da er sie während seiner Leitung der Berliner Oper von neuem in Scene setzte und
mit großer Sorgfalt selbst einübte.“

Meyerbeer wußte wohl, was er mit der Einstudirung
des „Faust“ that.   Hielt er so den damaligen Berliner oder
eigentlich deutschen Geschmack auf seiner Bahn, so hemmte
er den Strom des Neuen, der mit Richard Wagner ihm
selbst wie allen „deutschen Kapellmeistern“ mit vernichten-
dem Vergessen drohte.   Denn Spohrs „Faust“ ist, man gedenke nur seines eigenen Wortes „Nummern“, eben eine
Oper alten Schlages, gute „deutsche Kapellmeistermusik“,
wie Wagners Ausdruck lautete.   Allein während in echt
effecthaschender Weise Meyerbeer Himmel und Hölle auf-
bietet, um auch den so gesuchten rein äußerlichen Erfolg
zu erreichen, irrt Spohr unbefangen naiv.   Schon sein
Textbuch ist kein Drama, sondern eben ein — Opernbuch.
Contrastirende Scenen, aber keine stetige Handlung, die

auch ohne Musik durch ihren einfach sicheren Gang unseren
Antheil erweckte! Und so hat auch der Componist einzelne
„Nummern" aus dem Werke gemacht, das in jedem der
drei Acte ebenso der regelrechten „Finales" nicht ermangelt.
Es sind eben die herrschende Compositionsform der Arie
und was aus ihr gebildet worden, wie andererseits die
sogenannte thematische Arbeit, dieses „ewige Wiederkäuen
des Themas in allen Stimmen und Tonlagen", wie ein
Wiener Blatt von Spohrs Weise sagte, vor allem hier
über den lebendig flutenden Inhalt geworfen, der doch
auch dem verfehltesten Operntext als Naturart innewohnt,
und darin ist hier in der dramatisch=musikalischen Kunst
selbst nicht entfernt ein Fortschritt gemacht oder nur etwas
dem Mozartschen und Beethovenschen Ideal Ebenbürtiges
geschaffen worden.

Dagegen hat Spohr wohl Grund, von „verschiedenen
Charakteren" in dem Werke zu sprechen. Denn wenn auch
nicht entfernt in der Schärfe Wagners oder nur Webers
ist innerhalb jener gegebenen festen Formen den einzelnen
Gefühlszuständen und in beschränktem Maße sogar den
einzelnen Personen eine gewisse eigene Physiognomie ver=
liehen worden, die von der ernsten inneren Theilnahme des
Autors und von seiner daher rührenden schöpferischen Kraft
zeugt. Vor allem die Gemüthssaite der einzelnen Personen
ist, wenn auch mit etwas sentimentaler Färbung, doch voll=
tönend zur Geltung gebracht und erklingt in Lauten, wie sie
außer Weber damals wenig Musiker der Welt beherrschten.
Aber den norddeutschen Romantiker, dem das stille Weben
der Natur eine stets erneuende Quelle eben dieses Ge=
müthslebens ist, verräth vor allem, was sich in Fausts
Berührung mit dem Elementarwesen der Hexen und anderer
Naturgeister darstellt: der Hexenchor schlägt neue Laute in
der Musik an, die durch Weber erstarkt, erst in Wagner
ihr volles Ertönen finden. Und wenn auch überall noch
zünftig hergebracht, es ist doch Innigkeit und Ernst, was

3*

den Charakter dieser Musik ausmacht, nicht entfernt der
Hautgout französischer Geistreichigkeit oder gar die fade
und doch ebensowenig reine Weichheit italienischer Ton=
schwelgerei jener Tage.

Es bestätigt darum auch nur Wagners Wort über
Spohrs redlichen Ernst in seinem künstlerischen Bestreben,
wenn Weber eben aus Wien damals über Meyerbeer
schreibt: „Mit Beer ist es so eine Sache, ich kam ihm
mit der alten Liebe und Herzlichkeit entgegen und erwähnte
nichts, auch er hat bis jetzt kein Wort von unserer Span=
nung gesprochen, es sieht so aus, als ob wir die alten
wären, aber mein reines Vertrauen ist dahin. Sein
Stolz und seine unsägliche Eitelkeit und Empfindlichkeit
sind gleich groß und werden ewig jeden zurückstoßen." Und
von ihrem gemeinschaftlichen Lehrer Abbé Vogler meldet
er, daß er ebenfalls fortwährend über seinen Schüler klage,
wobei denn das charakteristische Wort fällt: „S'ist doch ein
nachlässiger Hund, der keine Verhältnisse ehrt" (Musiker=
briefe 1873 S. 229). Während er selbst seine Verecundia,
die Schopenhauer dem gesammten jüdischen Volke abspricht,
und ebenso die unverbrüchliche Treue gegen die zu ihm
Gehörigen mit einer Nachricht an Gänsbacher bekundet, die
vom Sommer 1816 aus Prag herrührt: „Spohrs Faust
brachte ich noch auf die Bühne und er gefiel. Leider
war es mir bis jetzt unmöglich etwas darüber öffentlich
zu sagen, ja ihm selbst konnte ich noch nicht einmal diesen
glücklichen Erfolg anzeigen, da ich nicht weiß, wo er jetzt
steckt." Meyerbeer warf sich zunächst der italienischen Opern=
muse in die Arme, die allerdings noch mehr bloße Scha=
blonenfiguren hatte als die deutsche, und fand später seine
Gloriole in dem Potpourri der französischen großen Oper.
Beide, Spohr wie Meyerbeer, das reine Licht wie das
Blendfeuerwerk, sind dann freilich vor dem Stern der Wag=
nerschen Kunst erblichen, aber erste Spuren des Wagner=
schen Herzensklanges findet man immer noch in Spohrs

Fauſt, bei Meyerbeer nicht. Doch hat auch Spohr von
der Bedeutung der Bühne in Betreff der Oper keine rechte
Vorſtellung gehabt. Wie er einmal, wenn auch nicht in
unſerem Sinne, von ſeinem „harmloſen Componiren"
ſpricht, ſo ertrug er es auch „mit großer Gemüthsruhe",
daß ſein Fauſt in der Bibliothek des Wiener Theaters
aus einem rein zufälligen Grunde Jahre lang ungenützt
ruhte. Einen größeren Gegenſatz gegen die Rieſenenergie
Wagners, ſich und nur ſich auf dieſen „Brettern die die
Welt bedeuten" zur Geltung zu bringen, kann es kaum
geben. Aber wer dieſe Bühne kennt, weiß, daß dies noth=
wendig iſt, um die Braut davon zu tragen. Gluck hat es
ebenfalls gewußt.

Ein Hauptintereſſe dieſes Wiener Aufenthaltes bietet
dann Spohr und uns Nachlebenden ſeine Bekanntſchaft
mit Beethoven. Er erzählt darüber Folgendes:

„Nach meiner Ankunft in Wien ſuchte ich Beethoven
ſogleich auf, fand ihn aber nicht und ließ deshalb meine
Karte zurück. Ich hoffte nun, ihn in irgend einer der mu=
ſikaliſchen Geſellſchaften zu finden, zu denen ich häufig ein=
geladen wurde, erfuhr aber bald, Beethoven habe ſich, ſeit=
dem ſeine Taubheit ſo zugenommen, daß er Muſik nicht
mehr deutlich und im Zuſammenhange hören könne, von
allen Muſikpartien zurückgezogen und ſei überhaupt ſehr
menſchenſcheu geworden. Ich verſuchte es daher nochmals
mit einem Beſuche, doch wieder vergebens. Endlich traf
ich ihn ganz unerwartet in einem Speiſehauſe, wohin ich
jeden Mittag mit meiner Frau zu gehen pflegte. Ich hatte
nun ſchon Concert gegeben und zweimal mein Oratorium
‚Das jüngſte Gericht' aufgeführt. Die Wiener Blätter
hatten günſtig darüber berichtet. Beethoven wußte daher
von mir, als ich mich ihm vorſtellte, und begrüßte mich
ungewöhnlich freundlich. Wir ſetzten uns zuſammen an
einen Tiſch und Beethoven wurde ſehr geſprächig, was die
Tiſchgeſellſchaft ſehr verwunderte, da er gewöhnlich düſter

und wortkarg vor sich hinschaute. Es war aber eine saure
Arbeit sich ihm verständlich zu machen, da man so laut
schreien mußte, daß es im dritten Zimmer gehört werden
konnte. Beethoven kam nun öfter in dieses Speisehaus
und besuchte mich auch in meiner Wohnung. So wurden
wir bald gute Bekannte. Beethoven war ein wenig derb,
um nicht zu sagen roh. Doch blickte ein ehrliches Auge
unter den buschigen Augenbrauen hervor."

„Nach meiner Rückkehr aus Gotha traf ich ihn dann und
wann im Theater an der Wien dicht hinterm Orchester,
wo ihm Graf Palffy einen Freiplatz gegeben. Nach der
Oper begleitete er mich gewöhnlich nach meinem Hause
und verbrachte den Rest des Abends bei mir. Dann konnte
er auch gegen Dorette und die Kinder sehr freundlich sein.
Von Musik sprach er höchst selten. Geschah es, dann waren
seine Urtheile sehr streng und so entschieden, als könne gar
kein Widerspruch dagegen stattfinden. Für die Arbeiten
Anderer nahm er nicht das geringste Interesse, ich hatte
deshalb auch nicht den Muth ihm die meinigen zu zeigen.
Sein Lieblingsgespräch in jener Zeit war eine scharfe Kritik
der beiden Theaterverwaltungen des Fürsten Lobkowitz und
des Grafen Palffy. Auf Letzteren schimpfte er oft schon
überlaut, wenn wir noch innerhalb des Theaters waren,
sodaß es nicht nur das ausströmende Publikum, sondern
auch der Graf selbst in seinem Bureau hören konnte.
Dies setzte mich sehr in Verlegenheit und ich war immer bemüht, das Gespräch auf andere Gegenstände zu
lenken."

„Das schroffe, selbst abstoßende Wesen Beethovens in
jener Zeit rührte theils von seiner Taubheit her, die er
noch nicht mit Ergebung zu tragen gelernt hatte, theils
war es Folge seiner zerrütteten Vermögensverhältnisse.
Er war kein guter Wirth und hatte noch das Unglück, von
seiner Umgebung bestohlen zu werden. So fehlte es oft
am Nöthigsten. In der ersten Zeit unserer Bekanntschaft

fragte ich ihn einmal, nachdem er mehrere Tage nicht ins Speisehaus gekommen war: ‚Sie waren doch nicht krank?‘ — ‚Mein Stiefel war’s, und da ich nur das eine Paar besitze, hatte ich Hausarrest‘, war die Antwort.“

„Aus dieser drückenden Lage wurde er aber nach einiger Zeit durch die Bemühungen seiner Freunde herausgerissen. Sein Fidelio, der 1805 und 1806 einen sehr geringen Erfolg gehabt hatte, wurde jetzt (1814) von den Regisseuren des Kärntnerthortheaters wieder hervorgesucht und zu ihrem Benefize in Scene gesetzt. Beethoven hatte sich bewegen lassen mit dem Werke Abänderungen vorzunehmen. In dieser neuen Gestalt machte nun die Oper großes Glück und erlebte eine lange Reihe zahlreich besuchter Aufführungen. Der Componist wurde am ersten Abend mehreremale herausgerufen und war nun wieder der Gegenstand allgemeiner Aufmerksamkeit.“

Das jetzt Folgende ist zwar historisch insofern unrichtig, als die Aufführung der neuesten Compositionen Beethovens vor der des Fidelio geschah und gerade auf denselben wieder aufmerksam gemacht hatte, enthält aber sonst nur Wahrheitsgetreues.

„Alles was geigen, blasen und singen konnte, wurde zur Mitwirkung eingeladen,“ erzählt Spohr von dem Concerte zum Besten der Invaliden im December 1813 im großen Redoutensaale, „und es fehlte von den bedeutenderen Künstlern Wiens auch nicht einer. Ich und mein Orchester hatten uns natürlich auch angeschlossen und ich sah Beethoven zum erstenmale dirigiren. Obgleich mir schon viel davon erzählt war, so überraschte es mich doch in hohem Grade. Beethoven hatte sich angewöhnt, dem Orchester die Ausdruckszeichen durch allerlei sonderbare Körperbewegungen anzudeuten. So oft ein Sforzando vorkam, riß er beide Arme, die er vorher auf der Brust kreuzte, auseinander. Bei dem Piano bückte er sich nieder, und um so tiefer, je schwächer er es haben wollte. Trat

dann ein Crescendo ein, so richtete er sich nach und nach
wieder auf und sprang beim Eintritte des Forte hoch in
die Höhe. Auch schrie er manchmal, um das Forte noch
zu verstärken, ohne es zu wissen, mit hinein! Das Concert selbst hatte den glänzendsten Erfolg. Die neuen Compositionen gefielen außerordentlich, besonders die Symphonie in Adur. Der wundervolle zweite Satz wurde
dacapo verlangt, er machte auch auf mich einen tiefen
nachhaltigen Eindruck."

Ueber das eigene Spiel des Meisters giebt er folgenden
wehmuthvoll stimmenden Bericht: „Da Beethoven zu der
Zeit, wo ich seine Bekanntschaft machte, bereits aufgehört
hatte, sowohl öffentlich wie in Privatgesellschaften zu spielen,
so habe ich nur ein einziges Mal Gelegenheit gefunden
ihn zu hören, als ich zufällig zu der Probe eines neuen
Trios (Ddur ³/₄ Tact) in Beethovens Wohnung kam. Ein
Genuß war's nicht. Denn erstlich stimmte das Pianoforte
sehr schlecht, was Beethoven wenig kümmerte, da er nichts
davon hörte, zweitens war von der früher so bewunderten
Virtuosität des Künstlers in Folge dieser Taubheit fast gar
nichts übrig geblieben. Im Forte schlug der arme Taube
so darauf, daß die Saiten klirrten, im Piano spielte er
wieder so zart, daß ganze Tongruppen ausblieben, sodaß
man das Verständnis verlor, wenn man nicht zugleich in
die Klavierstimme blickte. Ueber ein so hartes Geschick
fühlte ich mich von tiefer Wehmuth ergriffen. Ist es schon
für jedermann ein großes Unglück taub zu sein, wie soll
es ein Musiker ertragen, ohne zu verzweifeln! Beethovens
fast fortwährender Trübsinn war mir nun kein Räthsel
mehr."

Der gleiche so tief bedauernswerthe „Trübsinn" war
aber zugleich die Quelle unendlich schöner Ergießungen
seines Gemüthes: die Musik mußte ihm zugleich Trösterin
sein und so hieß er sie r e d e n. Dieser hohen Geistes-
freiheit der Kunst vermochte aber der an hergebrachte

Formen gefesselte Spohr nicht mehr ganz zu folgen. Die nachstehende Stelle aus seiner Selbstbiographie bestimmt genau den Stand seiner eigenen künstlerischen Entwicklung. „Bis zu diesem Zeitpunkte war eine Abnahme der Beethovenschen Schöpferkraft nicht zu bemerken," schreibt er. „Da er aber von nun an bei immer zunehmender Taubheit gar keine Musik mehr hören konnte, so mußte dies lähmend auf seine Phantasie zurückwirken. Sein stetes Streben originell zu sein und neue Bahnen zu brechen, konnte nicht mehr wie früher vor Irrwegen bewahrt werden. War es daher zu verwundern, daß seine Arbeiten immer barocker, unzusammenhängender und unverständlicher wurden? Zwar giebt es Leute, die sich einbilden, sie zu verstehen und in ihrer Freude darüber sie weit über seine früheren Meisterwerke erheben. Ich gehöre aber nicht dazu und gestehe frei, daß ich den letzten Arbeiten Beethovens nie habe Geschmack abgewinnen können. Ja schon die viel bewunderte Neunte Symphonie muß ich zu diesen rechnen, deren drei erste Sätze mir trotz einzelner Genieblitze schlechter vorkommen als sämmtliche der acht früheren Symphonien, deren vierter Satz mir aber so monströs und geschmacklos und in seiner Auffassung der Schiller'schen Ode (An die Freude) so trivial erscheint, daß ich immer noch nicht begreifen kann, wie ihn ein Genius wie der Beethovensche niederschreiben konnte. Ich finde darin einen neuen Beleg zu dem, was ich schon in Wien bemerkte, daß es Beethoven an ästhetischer Bildung und an Schönheitssinn fehle."

Spohr nimmt in der Kunst einen Rang ein wie Rafaels Nachbildner Giulio Romano. Wie hätte er den Michelangelo der Tonkunst da begreifen sollen, wo er sich erst ganz als solchen zeigt? Und doch sollte gerade er unter den Zunftmeistern derselben zuerst Denjenigen verstehen, der allein diese Bahnen Beethovens fortgeschritten ist und sogar erweitert hat, Richard Wagner! Jedenfalls hatte

ihm selbst dieser Aufenthalt in Wien den wahren Maßstab
in seiner Kunst in die Hand gegeben.   Er schied von der
Kaiserstadt, nachdem ihm Beethoven in sein Album den
Canon „Kurz ist der Schmerz, und ewig währt die Freude"
mit folgenden Abschiedsworten geschrieben hatte:

„Möchten Sie doch, lieber Spohr, überall, wo Sie
wahre Kunst und wahre Künstler finden, gerne meiner
gedenken, Ihres Freundes
Wien, am 3. März 1815.   Ludwig van Beethoven."

5.   In Italien.
1815—1817.

„Er fragte uns unter anderem, wie wir mit unserer
Reise in Italien zufrieden seien," erzählt Spohr bei der
Rückkehr von einem deutschen Bekannten. „Ich klagte ihm
darauf, daß wir so manches nicht den Erwartungen gemäß
gefunden hätten, die von früheren Reisenden in uns rege
gemacht gewesen.   Er fand dies sehr natürlich und meinte,
das komme daher, weil keiner der Reisenden nach der Rückkehr gestehen wolle, daß er gleichsam in den April geschickt worden sei."   Dieses ungerechte Urtheil des Künstlers beruht gewiß zum größten Theile darauf, daß er als
solcher weder mit seiner Kunst noch auch in seinen pecu-
niären Erfolgen sich recht befriedigt gesehen hatte.   Wenn
wir nun dennoch seine Mittheilungen, soweit dieselben die
Musik betreffen, in diese biographische Darstellung einreihen,
so geschieht dies eben wegen des historischen Interesses,
welches dieselben haben.   Und dann ist es doppelt bedeut-
sam zu sehen, wie dieses hochbegabte Volk, das als solches
seit einem Menschenalter sich wieder zu sich selbst zu erheben begonnen hat, selbst aus so un- und untergeordneten
musikalischen Zuständen zur Aufnahme der ernsten deutschen

Mufit, fogar bis zum Lohengrin und Nibelungenringe em=
porzuschwingen vermochte.

Zum Gebrauche für die bevorstehende Reife hatte
Spohr in Wien, nachdem seine Stellung am Wiedner
Theater durch Schuld des Grafen Palffy gelöst war, sich
sein schönstes Concert, das in Emoll, geschrieben. „Eine
herrliche gediegene Composition, schöner fließender Gesang,
überraschende Modulationen, voll kühner canonischen Imi=
tationen, eine immer neue reizende glücklich berechnete
Instrumentirung! Vorzüglich hinreichend ist das schmel=
zende Adagio," berichtet die Musikzeitung nach der ersten
Aufführung in Wien. Dieses Werk und die berühmte Ge=
fangsscene, die er ein Jahr später in der Schweiz compo=
ponirte, waren gewichtige Hilfstruppen für den Feldzug,
den der damalige „General der Geiger" jetzt nach Süd=
deutschland, der Schweiz und Italien antrat.

Allerdings nahm er von der deutschen Instrumental=
mufik noch zuletzt einen sehr tiefgehenden Eindruck mit: er
hörte ein Concert der „musikalischen Akademie" in München.
„Da die Münchener Kapelle noch immer ihren Ruf als
eine der ersten der Welt behauptet, so war meine Er=
wartung sehr gespannt," schreibt er am 12. December 1815.
„Dennoch wurde sie durch die Aufführung der Beethoven=
schen Symphonie in Emoll noch weit übertroffen." Es
war dies die gleiche Kapelle, die im Jahre 1778 Carl
Theodor unter Cannabichs Leitung von Mannheim nach
München mitgebracht hatte und der mehrfach auch Mozarts
Inspiration zutheil geworden war. „Es ist wohl kaum
möglich, daß sie mit mehr Feuer, mehr Kraft und dabei
größerer Zartheit, sowie überhaupt genauerer Beobachtung
aller Nüancen von Stärke und Schwäche ausgeführt wer=
den kann!" ruft Spohr von jener Symphonie aus. Um
so unbegreiflicher ist sein Urtheil, das Werk bilde kein
classisches Ganze. Von neuem ein Beispiel, wie langsam
gerade in der Musik das Verständnis für wahrhaft Neues

und Geistiges sich bildet! Doch blieb ihm dieser Zauber-
reichthum unserer Instrumentalmusik allzusehr in Herz und
Ohr, als daß er nicht die damalige Musik anderer Lande
arm und unbeholfen hätte finden sollen.

Bereits aus der Schweiz meldet er: „Die guten Leute
hier ergötzen sich noch an Compositionen, die man in
Deutschland schon zur Zeit der Pleyelschen Epoche unge-
nießbar fand. Mozart, Haydn und Beethoven kennen die
Meisten kaum dem Namen nach. Aber Freude haben sie
an der Musik und das Beste ist, sie sind leicht zu befrie-
digen. Denn so schlecht auch alle Orchestersätze executirt
wurden, die Leute waren doch zufrieden und fanden, das
Orchester habe sich diesmal besonders ausgezeichnet. Selbst
eine Bravourarie von Wenzel Müller, die ein Dilettant
jämmerlich herausquälte, fanden sie köstlich." Dieses Mül-
lers „Donauweibchen" hatte aber dennoch einst noch eine
Rivalin der „Zauberflöte" sein können. „Bei der Probe
brachte ich es durch unzähliges Wiederholen der schwierig-
sten Stellen zwar dahin, daß es wie Musik klang, am
Abend aber war das Orchester so consternirt, daß es alles
wieder über den Haufen warf," erzählt er von einer anderen Stadt, kann aber wieder hinzufügen: „Zum Glück
schien das Auditorium nichts davon zu merken, denn es
äußerte seine große Zufriedenheit über alles was es hörte."
Zuletzt von Bern: „Das Orchester ist hier womöglich noch
schlechter als in Basel und Zürich und das Publikum noch
ungebildeter, mit Ausnahme sehr Weniger." Daß Richard
Wagner den größten Theil seiner Verbannungszeit in der
Schweiz zubringen mußte, ist dort der Musik ebenso zugute
gekommen wie den bildenden Künsten der Aufenthalt seines
Exilgenossen Gottfried Semper. Heute würde Spohr zu-
friedener sein.

Sogleich vom Scala-Theater in Mailand empfing
Spohr den Eindruck, daß Musik oder doch wenigstens die
Oper in Italien mehr dem geselligen Leben als dem Be-

dürfniſſe des Idealen im menſchlichen Weſen angehörte. „Die kleinen unbedeutenden Cantabiles waren es heute allein, was mit Aufmerkſamkeit angehört wurde," berichtet er. „Während der kräftigen Ouverture, mehreren ſehr ausdrucksvoll begleiteten Recitativen und allen Enſemble= ſtücken war ein Lärm, daß man kaum etwas von der Muſik hörte. In den meiſten Logen wurde Karten geſpielt und im ganzen Hauſe überlaut geſprochen. Es läßt ſich für einen Fremden, der gern aufmerkſam zuhören möchte, nichts Unausſtehlicheres denken als dieſer infame Lärm. Indeſſen iſt von ſolchen, die dieſelbe Oper vielleicht dreißig= bis vierzigmal ſehen und das Theater nur der Geſellſchaft wegen beſuchen, keine Aufmerkſamkeit zu erwarten. Zu= gleich kenne ich aber auch nichts Undankbareres als für ein ſolches Publikum zu ſchreiben. Nach dem erſten Acte wurde ein großes ernſtes Ballet gegeben. Da daſſelbe beinahe eine Stunde dauerte, ſo hatte man die erſte Hälfte der Oper ganz vergeſſen. Nach dem zweiten Acte wurde noch ein nicht viel kürzeres komiſches Ballet gegeben, ſobaß die ganze Vorſtellung von acht bis zwölf Uhr dauerte. Welche Arbeit für die armen Muſiker!" Es iſt wohlbegreiflich, daß auf dieſem Wege die Oper dort zu jener Armſeligkeit und Stätigkeit bloßer Geſangseffecte herabſank, aus der ſie ſich endlich heute langſam zu erkräftigen beginnt. „Alles wurde auf dieſelbe Art und mit den ſchon tauſendmal ge= hörten Verzierungen verbrämt vorgetragen, mochte es ko= miſch oder ernſt ſein," ſagt er noch von dem Concerte einer Muſikgeſellſchaft.

Gerade dieſe Vorliebe für alles Geſangsmäßige machte es aber, daß ſeine „Geſangsſcene" mit großem Enthuſias= mus aufgenommen wurde, jedoch ebenfalls vorwiegend in den Geſangsſtellen, ſobaß Spohr klagt: „Dieſer lärmende Beifall, ſo erfreulich und aufmunternd er für den Spieler iſt, bleibt doch für den Componiſten ein gewaltiges Aer= gernis." Ja bald nennt er das Land „wo die Citronen

blühen" in Bezug auf Musik ein „Sibirien der Kunst".
In Venedig hatte er in einem Dilettantenconcert zuerst
eine „uralte Symphonie" von Krommer, dann eine von
Andreas Romberg, dem Componisten von Schillers „Glocke"
gehört und dann selbst Beethovens Ddur-Symphonie zu
dirigiren. „Ich hatte meine liebe Noth," schreibt er. „Denn
man war ganz andere Tempi gewöhnt als ich nahm und
schien gar nicht zu wissen, daß es Nüancen von Stärke
und Schwäche in der Musik giebt: alles arbeitete, strich
und blies beständig aus Leibeskräften, sobaß mir noch die
ganze Nacht von dem höllischen Lärm die Ohren wehe
thaten. Das Gute hat es indessen, daß die Musikfreunde
unsere Instrumentalcompositionen zu hören bekommen und
wenn auch nur dunkel fühlen lernen, daß die Deutschen in
dieser Gattung ihnen ungeheuer überlegen sind. Sie sagen
dies zwar selbst, aber nur um nachher um so ungenirter
ihre Ueberlegenheit im Gesange herausstreichen zu können.
Die Selbstzufriedenheit der Italiener bei ihrer Geistesar-
muth ist überhaupt unerträglich. Habe ich ihnen etwas
vorgespielt, so glauben sie mich nicht glücklicher machen zu
können, als wenn sie mir versichern, es sei im echt italienischen Geschmack." In demselben Venedig führte im
December 1882 Wagner zum letztenmal eines seiner Werke,
die Jugendsymphonie in Cdur auf, und war von der Tüchtigkeit der Instrumentalisten des Liceo Benedetto Marcello
sehr befriedigt.

Nun begegnet er, der Rode besiegt hatte, dem einzigen
lebenden Rivalen, Paganini. „So wie er hat noch nie
ein Instrumentalist die Italiener entzückt," heißt es da.
„Erkundigt man sich nun näher, so hört man von den
Nichtmusikalischen die übertriebensten Lobsprüche, daß er
Töne hervorbringe, die man früher nie gehört habe. Die
Kenner hingegen meinen, daß ihm zwar eine große Ge-
wandtheit in der linken Hand, in Doppelgriffen und allen
Arten von Passagen nicht abzusprechen sei, daß ihn aber

gerade das, was den großen Haufen entzücke, zum Charlatan erniedrige und für seine Mängel, einen großen Ton, einen langen Bogenstrich und einen geschmackvollen Vortrag des Gesanges, nicht zu entschädigen vermöge. Dasjenige aber, wodurch er den Namen des Unerreichbaren, den man sogar unter sein Porträt setzt, besteht nach genauer Erkundigung in einer Reihe von Herrlichkeiten, welche in den Zeiten des guten Geschmackes der weiland so berühmte Scheller zum Besten gab, nämlich in Flageolettönen, in Variationen auf Einer Saite, in einer gewissen Art Pizzicato der linken Hand ohne Hilfe der rechten oder des Bogens und in manchen der Geige unnatürlichen Tönen, als Fagott-Ton, Stimme eines alten Weibes und dergleichen mehr." So sagte er denn auch selbst zu Spohr, als er ihn gehört hatte, seine Spielart sei für das große Publikum berechnet und verfehle bei diesem nie seine Wirkung. Wenn er aber ihm etwas vorspielen solle, so müsse er auf eine andere Art spielen und dazu sei er jetzt viel zu wenig im Zuge, sie würden einander aber wahrscheinlich in Rom oder Neapel treffen. Dazu kam es aber nicht und Spohr blieb damals ohne Kenntnis des „Wundermannes". Muß er nun ebenfalls Paganinis „ungefälliges und unartiges Betragen" gegen die Musikfreunde Venedigs bestätigen, das zweifellos wieder in seinem Geldgeize wurzelte, so ist nicht zu vergessen, daß derselbe Künstler, der durch Paganinis egoistisches Wesen zu dem Ausrufe „Génie oblige!" getrieben wurde, andererseits nichts Besseres zu thun hatte, als sich dieselbe bis dahin unerhörte Virtuosität durch sorgsamstes Studium anzueignen und sie so auch für das Klavier der ganzen Nachwelt zu überliefern. Spohr selbst aber erhielt in Venedig das öffentliche Zeugnis, daß er die italienische Lieblichkeit mit der Tiefe des Studiums seiner Nation verbinde und daß man ihm unter den lebenden Geigern den ersten Rang einräumen müsse.

All solches freundliche Begegnen hindert ihn aber nicht

in seiner Kunst klar zu sehen. Rossini, der als Componist damals ebenso wie Paganini vergöttert zu werden begann, begegnet ihm in Florenz mit seiner „L'Italiana in Algeri". „Erstlich fehlt ihr, was aller anderer italienischen Musik fehlt, Reinheit des Styles, Charakteristik der Personen und vernünftige Berechnung der Länge der Musik für die Scene", urtheilt er. „Man ist ja schon gewöhnt, hier dieselbe Person bald im tragischen, bald im komischen Style singen und von einer Bäuerin dieselben pompösen Gesangsverzierungen zu hören wie von einer Königin, bei der leidenschaftlichsten Situation eine der Personen allein viertelstundenlang singen zu hören, während die übrigen im Hintergrunde spazieren gehen. Wohl aber habe ich Eigenschaften erwartet, die Rossinis Arbeiten auszeichnen würden, Neuheit der Ideen, Reinheit der Harmonie u. s. w. Aber auch hiervon habe ich nicht viel gefunden. Was den Italienern neu erscheint, ist es uns nicht, indem es größtentheils schon längst bekannte Ideen und Modulationen sind." Wie lange währte es, daß man sich davon überzeugte! Mußten doch 1822 und 1823 noch Beethoven und Weber vor dem allerdings unvergleichlich aufgeführten Rossini in den Schatten treten. Aber freilich heute leben diese Meister sowie Rossinis Hauptschaffensquelle Mozart noch mit fast all ihren Werken lebendig wirkend, von Rossini hört man nur noch den allerdings sprudelnd lebendigen „Barbier von Sevilla" und den „Tell". Spohrs Ausruf: „Wann werden doch die Deutschen einmal aufhören, die blinden Bewunderer und Affen der Fremden zu sein!" scheint endlich weniger Berechtigung erlangen zu wollen.

Aus Rom theilt Spohr die neapolitanische Dudelsack-Melodie mit, die Liszt dem Hirtengesang an der Krippe in seinem Oratorium „Christus" zu Grunde gelegt hat. In Neapel erlebte er wunderbare Dinge an dem Operncomponisten Zingarelli, der das dortige Conservatorium leitete. „Bei einem Besuche sprach er lange von Haydn und einigen anderen unserer Componisten sehr ehrenvoll, ohne auch nur ein einzigesmal Mozarts zu erwähnen," heißt es da. „Ich brachte also die Rede auf diesen, worauf er äußerte, ja, auch dieser sei nicht ohne Anlage gewesen, er habe nur zu kurze Zeit gelebt, um sie gehörig ausbilden zu können; wenn er noch zehn Jahre fortstudirt hätte, so würde er wohl einmal etwas Gutes haben schreiben können." Wozu Spohr ein großes Ausrufungszeichen und den Kopf eines — Esels mit recht aufrecht stehenden Ohren hinzeichnet!

Von Werth sind noch die Bemerkungen über die damals weltberühmte Catalani, weil sie so recht illustriren, was später R. Wagner über den kühlen Egoismus solcher berühmten Sängerinnen wie der Lind und anderer gegenüber wahrer Hingebung an die Kunst ausgesprochen hat. Er traf sie in Neapel, wo sie natürlich ebenfalls alle Musikfreunde in Bewegung setzte und daher sogleich den Eintrittspreis auf das Siebenfache erhöhte. „Sie gewährte durch ihre immer reine Intonation, durch die Vollendung, mit der sie alle Arten von Verzierungen und Passagen macht, und durch ihre eigenthümliche Art zu singen großes Vergnügen, das Ideal einer Sängerin erreicht sie aber nicht," schreibt er. „Was wir hauptsächlich vermißten, war Seele. Im Recitativ singt sie ohne Ausdruck und im Adagio läßt sie kalt. Wir waren auch nicht einmal ergriffen, sondern hatten nur das Gefühl der Freude, wenn man mechanische Schwierigkeiten mit Leichtigkeit besiegen sieht."

So war denn der persönliche Gewinn, den Spohr von Italien davon trug, nicht gerade groß und nicht entfernt demjenigen zu vergleichen, den der allerdings unvergleichlich viel geistbegabtere Liszt von dem Umgang mit der bildenden Kunst der Antike und des Cinquecento hatte. Die italienische Musik arte immer mehr in Ohrenkitzel aus und verlerne immer mehr aufs Herz zu wirken, sagt

er; sowie er denn ohne Uebertreibung behaupten könne,
daß er von allen Compositionen auch nicht ein einzigesmal
ergriffen worden sei, eine oder zwei Stellen in der „Statua
di Bronzo" von dem aus Beethovens Leben bekannten
Soliva abgerechnet.   Auch Allegris Miserere zur Oster=
woche in der Sixtinischen Kapelle machte ihm bei den ersten
Accorden durch die Quintenfolgen in der Ausführung
einen geradezu barbarischen Eindruck.   Dann aber heißt
es: „Diese einfachen Harmoniefolgen, fast nur aus Drei=
klängen bestehend, dieses Mischen und Tragen der Stimmen,
bald zum brausendsten Forte anwachsend bald im leisesten
Pianissimo verhallend, dieses ewig lange Aushalten ein=
zelner Töne und dann hauptsächlich das zarte Einsetzen
eines Accordes, wenn von anderen Stimmen der vorher=
gehende noch schwach verklingend ausgehalten wird, geben
dieser Musik bei allen Mängeln etwas so Eigenthümliches,
daß man sich unwiderstehlich davon angezogen fühlt." Doch
vermißte er bei allem Sinn dieser neueren Italiener für
Melodie mit Recht die Kenntnis der Harmonie und be=
stätigt dadurch R. Wagners Wort, daß man nach Anhö=
rung des Stabat mater von Palestrina unmöglich der
Meinung bleiben könne, daß die neuere italienische Musik
eine legitime Tochter dieser wundervollen Mutter sei.

---

6. In London.
(1817—1820.)

Spohrs Aufenthalt in London hat dadurch erhöhten
Werth, daß er uns zu vielen Personen und Dingen führt,
die in dem Leben unserer größten Künstler wie Beethoven,
Weber, Liszt, Berlioz, Wagner ebenfalls ihre Rolle spielen.

Die italienische Reise hatte unsere beiden Künstler durch die schlechten Concerteinnahmen in arge Bedrängnis gebracht und das Concertiren in der Schweiz und Westdeutschland im nächsten Frühjahr konnte diese ebenfalls nicht heben, denn es war die Zeit der schrecklichen Hungersnoth von 1816—17, die auch aus Beethovens Leben wiederklingt. So ging es denn nach Holland. Allein mitten im besten Zuge kam ihm der Antrag, die Musikdirectorstelle am Theater in Frankfurt am Main einzunehmen. Hier hat denn Spohr einige Jahre gewirkt. Angeregt durch diesen Verkehr mit der Oper begann er den „Freischütz-Stoff" zu componiren, bis die Schröder-Devrient ihm mittheilte, daß C. M. von Weber denselben bearbeite. Da gab er das Werk auf. „Denn," so sagte er sich, „mit meiner Musik, die nicht geeignet ist ins Volk zu bringen und den großen Haufen zu enthusiasmiren, würde ich nie den beispiellosen Erfolg gehabt haben, den der Freischütz fand." Ebenso hatte Weber einmal die Tannhäusersage vorgelegen. Allein wie Spohrs Musik für eine Volksoper zu „akademisch", so war Weber nicht eigentlich für das Tragische angelegt. Wie er denn ja auch den tragischen Schluß der Freischützsage, den Spohrs Text festhalten wollte, in einen guten Ausgang umgebogen hat! Dagegen entstand hier im Jahre 1818, angeregt durch den „wahren Beifallssturm", den bald darauf Rossinis „Tancred" hatte, die Oper „Zemire und Azor", die denn auch soviel Coloraturen enthält. Ein Stück daraus, „Rose wie bist du lieblich und mild", lebt jedoch noch heute in weitesten Kreisen.

Bald freilich merkte er, daß die Herrn Actionäre das Theater ebenfalls nur geschäftsmäßig betreiben wollten: es gab Scenen, bei denen Spohr hören mußte, daß sie für ihr Institut keines berühmten Künstlers bedürften, sondern nur eines tüchtigen Arbeiters, der all seine Zeit und Kräfte dem Theater widme, und so kündigte er für den Herbst

1819, um aufs neue seiner Reiselust nachzugehen, wie sie ja heute auch seinen großen Künstlerenkel August Wilhelmy sogar um die Welt getrieben hat. Er besuchte Norddeutschland, wo besonders Berlin die „Fülle und Zartheit des Tones, welche der fühlende Künstler aus einem klangreichen Instrumente ziehe, und den trefflichen Vortrag des Cantabile" rühmte, — Vorzüge, davon ja auch Wagner die herrlichste künstlerische Verwendung machte, und ging auf Einladung derselben Philharmonischen Gesellschaft, die auch Beethoven so gern bei sich gesehen hätte und wenigstens ein größtes Erzeugnis seines Genius, die Neunte Symphonie, durch Bestellung unmittelbar veranlaßt hat, im Jahre 1820 nach London.

Diese Gesellschaft war nicht lange zuvor von den damals berühmtesten Künstlern Englands wie Clementi, John Cramer, Moscheles, Potter, Ries, Smart, Stumpff, alle aus Beethovens Leben bekannt, gegründet worden, um im Gegensatz zu den der alten Musik gewidmeten Vereinen dem Schaffen der neueren großen Künstler Raum zu schaffen, und Spohrs Aufzeichnungen geben uns nun manches Charakteristische über London, das zum größeren Theile zwar ebenfalls bereits der Vergangenheit angehört und mehr anekdotisch ist, allein doch immerhin von Werth für uns bei einer Stadt und einem Volke bleibt, das auch in der Musik so manchen wirksamen Anstoß gegeben und noch kürzlich den großen Tragiker unserer Kunst, Richard Wagner, so wahrhaft würdig aufgenommen hat.

Er hatte auch eine Empfehlung an Rothschild. Um den Empfang bei diesem ganz zu würdigen, holen wir ein bezeichnendes Begegnis aus dem Jahre 1809 in Hamburg nach. „Ein reicher jüdischer Banquier, der mein Quartettspiel hatte rühmen hören, wollte seine Gesellschaft ebenfalls damit regaliren," erzählt Spohr. „Obgleich ich dort eine für solch edle Musik wenig empfängliche Gesellschaft zu finden hatte, sagte ich doch unter der Bedingung

zu, daß zu meiner Begleitung die besten Künstler Ham=
burgs eingeladen würden. Wirklich fand ich auch nicht
nur Andreas Romberg anwesend, sondern auch noch einen
andern ausgezeichneten Geiger. Als aber das Quartett
beginnen sollte, kam noch ein vierter — Geiger herbei
und wir sahen nun zu unserem Erstaunen, was der Haus=
herr eingeladen hatte. Als guter Rechner wußte er näm=
lich, daß zu einem Quartett Viere gehören, aber nicht
daß unter diesen auch ein Bratschist und Violoncellist sein
müssen." Als er aber Abschied nahm, hieß es unter Vor=
reichung von vierzig Speciesthalern: „Ich höre, Sie geben
ein zweites Concert, schicken Sie mir wieder vierzig Billets;
ich habe zwar die andern noch fast alle, will aber doch
wieder neue nehmen." Empört über die „Unverschämtheit
des reichen Juden" ließ er denselben abermals verlegen
und beschämt vor seiner Gesellschaft stehen und kehrte ihm
den Rücken zu.

Eine ebenso ergötzliche Geschichte also erlebte er in
London, als er seinen Creditbrief und eine Empfehlung
des Frankfurter Bruders persönlich überbrachte. „Nachdem
Rothschild mir beide Briefe abgenommen und flüchtig über=
blickt hatte, sagte er zu mir in herablassendem Tone: ‚Ich
lese eben' (auf die Times deutend) ‚daß Sie Ihre Sachen
ganz gut gemacht haben. Ich verstehe aber nichts von
Musik. Meine Musik ist dies (auf die Geldtasche schlagend),
die versteht man an der Börse!' worauf er seinen Witz
laut belachte. Dann rief er ohne mich zum Sitzen zu
nöthigen, einen Commis herbei, gab ihm den Creditbrief
und sagte: ‚Zahlen Sie dem Herrn sein Geld aus'. Hier=
auf winkte er mit dem Kopfe und die Audienz war zu
Ende. Doch als ich bereits in der Thüre war, rief er
mir noch nach: ‚Sie können auch einmal zum Essen zu
mir kommen, draußen auf mein Landgut!' Einige Tage
nachher schickte auch wirklich Madame Rothschild. Ich ging
aber nicht hin, obwohl sie die Aufforderung noch einmal

wiederholte." Der empfehlende Bruder aber war derselbe,
der eine Vorstellung in Frankfurt in seinem Salon mit
den Worten ausführte: „Mein Neffe, Herr Oppenheim,
Maler, hat's aber nicht nöthig!"

Spohr hatte mit seiner Gesangsscene und einem So=
loquartett in der That sogleich den allgemeinsten Beifall
gefunden und zeigt besondere Freude, daß der alte Viotti,
der, von jeher sein Vorbild, auch sein Lehrer hatte werden
sollen, ihm viel Lobendes gesagt hatte. So war er in der
Riesenstadt bald ein gesuchter Mann, sollte aber in Ernst
und Scherz auch bald den ästhetischen wie moralischen Bil=
dungsgrab der Engländer vor allem seiner Kunst gegen=
über kennen lernen. „Die meisten meiner Schüler waren
ohne Talent und Fleiß und ließen sich nur von mir un=
terrichten, um sagen zu können, sie seien Schüler von
Spohr," erzählt er. Ein berühmter Arzt wollte ein Ur=
theil über seine zahlreichen Geigen. Spohr prüfte sie alle
getreulich und fand, daß diejenige, auf die der alte freund=
liche Herr die zärtlichsten Blicke warf, auch der Matador
der ganzen Sammlung sei. Beim Abschiede überreichte
der weiße Alte mit tiefem Bücklinge ihm noch eine Fünf=
pfundnote. Spohr, anfangs erstaunt, schüttelte dann lä=
chelnd mit dem Kopfe, legte das Papier auf den Tisch und
drückte dem Doctor die Hand. Allein dieser folgte ihm
bis auf die Straße und sprach in sichtlicher Erregung einige
Worte zum Kutscher. Sie lauteten in der Uebersetzung:
„Da fährst du einen Deutschen, der ein echter Gentleman
ist, bring' ihn mir unversehrt in die Wohnung, das rathe
ich dir!"

Von der geringen Schätzung des Künstlers und gar
des „Fiedlers" in sozialer Hinsicht, die diese beiden Käuze
einigermaßen entschuldigt, weiß man aus Haydns und
Webers Leben. Spohr hat aber gerade in London den
tonangebenden Kreisen auch in diesem Punkte eine Lection
ertheilt, die ihn unmittelbar neben Beethoven stellt, der ja

persönlich erst dem Künstler seine volle gesellschaftliche
Ebenbürtigkeit errungen hat.

Er sah sich bald auf allen Concertprogrammen der
Saison figuriren, konnte sich aber nie entschließen, auch
in Privatgesellschaften aufzutreten, da ihm die Aufnahme
der Künstler dort gar zu unwürdig vorkam. Dieselben
wurden nämlich nie zur Gesellschaft gezogen, sondern hatten
das Zimmer nach dem Vortrage sogleich wieder zu verlassen.
Spohr und Frau waren nun zu den Brüdern des Königs
eingeladen, deren einer eine Herzogin von Meiningen hatte.
Als dabei ein Diener ihnen das Zimmer der übrigen Mu=
siker öffnen wollte, übergab er seinem Dolmetscher seinen
Geigenkasten und schritt, seine Frau am Arme, sogleich die
Treppe hinauf. Vor dem Zimmer nannte er dem dortigen
Diener seinen Namen und als dieser zu öffnen zögerte,
machte er Miene es selbst zu thun. Sogleich riß dieser die
Thüre auf und rief seinen Namen hinein. Die Herzogin,
deutscher Sitte eingedenk, erhob sich sogleich und führte
seine Frau zum Damenkreise. Auch der Herzog stellte ihn
selbst nach einigen freundlichen Worten den Herren vom
Hofe vor. Doch bald bemerkte er, daß die Dienerschaft
ihn ignorirte. Der Herzog jedoch winkte dem Haushof=
meister und sogleich wurde den beiden Künstlern ebenfalls
der Servirte präsentirt.

Als nun das Concert beginnen sollte, ließ der Haus=
hofmeister nach dem Programm die Künstler heraufholen.
Sie erschienen mit Notenblatt oder Instrument und
grüßten mit einer tiefen Verbeugung, die aber nur von der
Herzogin erwidert wurde. Es war die Elite der Künstler
Londons und ihre Leistungen fast alle entzückend schön.
Dies schien die vornehme Gesellschaft aber nicht zu fühlen,
denn die Unterhaltung riß keinen Augenblick ab. Nur als
eine sehr beliebte Sängerin auftrat, wurde es etwas ruhiger
und man hörte einige leise Bravos, für die sie sich sogleich
durch tiefe Verbeugungen bedankte. „Ich ärgerte mich

sehr über diese Entwürdigung der Kunst und noch mehr
über die Künstler, die sich solche Behandlung gefallen
ließen und hatte große Lust gar nicht zu spielen," erzählt
er weiter. „Ich zögerte daher, als die Reihe an mich
kam, absichtlich so lange, bis der Herzog, wahrscheinlich
auf einen Wink seiner Gemahlin, mich selbst zum Spielen
aufforderte. Nun erst ließ ich durch einen Diener mein
Violinkästchen heraufholen und begann dann, ohne vorher
eine Verbeugung zu machen, meinen Vortrag. Alle diese
Umstände mochten die Aufmerksamkeit der Gesellschaft er=
regt haben, denn es herrschte während meines Vortrags
eine große Stille im Saal. Als ich geendet hatte, ap=
plaudirte das herzogliche Paar und die Gäste stimmten
mit ein. Nun erst dankte ich durch eine Verbeugung.
Bald darauf schloß das Concert und die Musiker zogen
sich zurück. Hatte es nun schon Sensation erregt, daß
wir uns der Gesellschaft angeschlossen, so steigerte sich diese
noch um Vieles, als man sah, daß auch wir zum Souper
dablieben und bei demselben von dem herzoglichen Paare
mit großer Auszeichnung behandelt wurden. Wir hatten
dieses Unerhörte wohl dem Umstande zu verdanken, daß die
Herzogin schon im elterlichen Hause Zeuge der guten Auf=
nahme in Meiningen gewesen war. Auch der Herzog von
Suffex zeichnete mich sehr aus und unterhielt sich viel mit
mir." So ward denn auch hier Spohr's echte deutsche
Würdigkeit im Gefühl des eigenen Werthes das Zeichen
zum Durchbruch einer würdigen gesellschaftlichen Aufnahme
wahrer Künstler auch in England.

Sein Benefice=Concert war, gewiß zum großen Theile
auch infolge dieses männlichen Benehmens eines der glän=
zendsten und besuchtesten der ganzen Saison: auch Lindley
und Dragonetti, aus Beethovens Leben bekannt, wirkten
dabei mit. Er erzählt dann noch von der Unterrichtsme=
thode Logier's, der in London eine Lehranstalt hatte und
bewundernswerthe Erfolge gerade in der Harmonielehre

erzielte: sein Lehrbuch war das erste, wodurch wenig Jahre später Richard Wagner zuerst in die Geheimnisse dieser Kunst einzudringen versuchte. Darauf kehrte er mit seiner Frau, die mit ihrem Harfenspiele ebenfalls höchlich bewundert worden war aber dasselbe zu ihrem großen Leidwesen aus Rücksichten auf ihre Gesundheit gänzlich aufgeben mußte, aufs Festland zurück.

7. In Paris.
(1820—1821.)

> „Während sich die Pariser zu sinnlichen
> Genüssen drängen, muß man sie zu gei-
> stigen fast an den Haaren herbeiziehen.“
> Spohr.

Die Schilderung der Zustände des musikalischen Paris der zwanziger Jahre, die Spohr macht, gewinnt uns um so größeren Antheil ab, als sich gerade an ihnen, freilich auf sehr verschieden geartete Weise die beiden Genien Liszt und Wagner zur künstlerischen Mannheit erzogen: Liszt nahm die einseitige aber bis dahin unerhörte Virtuosität jener Tage auf, um damit auch in geistiger Weise Unerhörtes auszudrücken, Wagner ward durch jenen falschen Glanz und Schimmer erst völlig auf das einfach Echte und Wahrhaftige in unserer Kunst geführt. Es ist ein Zeichen der innerlich sicheren Künstlernatur, daß Spohr von all diesem Gleißen und Flimmern völlig unberührt blieb und ein tapfrer Deutscher „ging seines Weges Schritt vor Schritt.“

Die volle Naivetät des französischen Selbstbewußtseins, das ja damals in höchster Blüte stand, hatte Spohr bereits einige Zeit vorher in Brüssel kennen gelernt, wo der durch seine Aehnlichkeit mit Napoleon bekannte Alexander Boucher aus Paris sich hören ließ. „Er hatte sich die Haltung des verbannten Kaisers, seine Art den Hut aufzusetzen, eine Prise zu nehmen möglichst getreu eingeübt," erzählt Spohr. „Kam er nun in eine Stadt, wo er noch unbekannt war, so präsentirte er sich sogleich mit diesen Künsten auf der Promenade oder im Theater. In Lille hatte er sogar sein letztes Concert so angekündigt: ‚Eine unglückliche Aehnlichkeit zwingt mich zur Verbannung, ich werde jedoch, ehe ich mein schönes Vaterland verlasse, ein Abschiedsconcert geben.' Auch andere Charlatanerien hatte jene Ankündigung enthalten, wie ‚Ich werde jenes berühmte Concert in Emoll von Viotti spielen, dessen Ausführung mir in Paris den Namen des Alexander der Violinisten erworben hat'." Solche Ruhmredigkeit abgerechnet erwies er sich aber gegen Spohr sehr liebenswürdig gefällig und gab ihm einen Empfehlungsbrief nach Lille mit, in dem es nach einer Charakteristik des Spieles unseres Künstlers hieß: „Genug, wenn ich, wie man behauptet, der Napoleon der Geiger bin, ist Herr Spohr gewiß der Moreau."

Recht komische Züge solcher Naivetät der kindlichen Selbstgefälligkeit erfuhr Spohr noch in Lille selbst. Einmal nämlich hatte der „Napoleon der Geiger" mitten im Spiele, als ihm seiner Meinung nach etwas nicht recht geglückt war, plötzlich aufgehört und ohne auf die Begleitenden Rücksicht zu nehmen, die verunglückte Stelle wiederholt, indem er sich laut zurief: „Das war nicht richtig, auf, Boucher, noch einmal!" Im letzten Concert hatte er als letzte Nummer ein Rondo von seiner Composition gewählt, welches am Schluß eine improvisirte Cadenz hatte. Bei der Probe bat er die Dilettanten, die ihn begleiteten, nach dem Triller seiner Cadenz ja recht kräftig einzusetzen, er werde ihnen dazu das Zeichen durch Niedertreten geben. Am Concertabend war es nun schon recht spät, als die Schlußnummer begann und die Herren mochten sich nach dem Souper sehnen. Als daher die Cadenz, in der Boucher noch einmal all seine Kunststücke vorführte, gar nicht enden wollte, legten einige der Herren ihre Instrumente

fort und schlichen sich davon. Dies ward so ansteckend,
daß binnen wenig Minuten das ganze Orchester verschwun-
den war. Boucher, der in der Begeisterung nichts davon
gemerkt hatte, hob schon beim Beginn seines Schlußtrillers
den Fuß auf, um auf das Zeichen vorher aufmerksam zu
machen. Als er es nun am Ende wirklich gab, war er
des Erfolges, nämlich des kräftigsten Einsatzes des Or-
chesters und des dadurch hervorgerufenen Beifalles der entzückten Zuhörer ganz gewiß. Man denke sich also sein
Erstaunen, als er außer seinem eigenen derben Fußtritte
nichts weiter hörte. Erschreckt sah er um sich und entdeckte
nun die verlassenen Pulte. Das Publikum aber, das diesen
Augenblick hatte kommen sehen, brach in schallendes Ge-
lächter aus, in welches Boucher wohl oder übel mit ein-
stimmte.

So kannte Spohr die guten wie die üblen Seiten
dieser französischen Künstler recht gut und eben der Um-
stand, daß Paris künstlerisch in der That damals so gut
wie die Welt bedeutete, reizte seinen deutschen Muth auch
hier den Kampf aufzunehmen: es war in gewisser Weise
ebenfalls ein Kampf mit dem Drachen, nämlich des horn-
festen allgemeinen Vorurtheils.

„Mit klopfendem Herzen fuhr ich durch die Barrière,"
beginnt er seine schon damals veröffentlichten Reiseberichte.
„Der Gedanke, daß mir nun die Freude zutheil werden
würde die Künstler persönlich kennen zu lernen, deren
Werke mich schon in der frühesten Kindheit begeistert hatten,
erregte diese lebhafte Bewegung in mir. Ich versetzte mich
in Gedanken in die Zeit meiner Knabenjahre zurück, als
Cherubini mein Idol war. Den Schöpfer des Wasser-
trägers und mehrere andere Männer, deren Werke auf
meine Ausbildung als Componist und Geiger den ent-
schiedensten Einfluß gehabt hatten, sollte ich nun bald
sehen." Von allen diesen ward er denn auch freundlich
empfangen und Cherubini, der ihm als gegen Fremde zu-

rückhaltend, ja finster geschildert worden war, lud ihn ein,
seinen Besuch so oft er wolle zu wiederholen. Besonders
wurde ihm Derjenige befreundet, den Beethoven im Jahre
1798 in Wien als Begleiter des französischen Gesandten
Bernadotte kennen gelernt hatte und dem er wenig Jahre
später seine berühmte Kreutzer=Sonate gewidmet hat,
Viotti's Schüler Rudolph Kreutzer, der ebenfalls als Componist thätig war.

Sogleich der erste Eindruck einer Oper war aber der
denkbar mißlichste. Man gab in der Grand' Opéra Les
mystères d'Isis, die Zauberflöte. Dabei enthüllte sich ihm
der französische Kunstgeschmack nach all seinen Richtungen.
Die Entstellung des Werkes war der Art, daß die Franzosen selbst diese Verballhornung Les misères d'ici nann-
ten. „Man schämt sich, daß es Deutsche sind, die sich so
an dem unsterblichen Meister versündigen," schreibt er.
„Es ist nichts unangetastet geblieben als die Ouvertüre:
alles übrige ist durcheinander geworfen, verändert und
verstümmelt. Die Oper fängt mit dem Schlußchore an,
dann folgt der Marsch aus Titus, dann bald dieses bald
jenes Bruchstück aus anderen Mozartschen Opern, sogar
auch ein Stückchen einer Haydnschen Symphonie, dazwischen
denn Recitative von des Herrn Lachnith eigener Fabrik.
Aerger aber als dies ist es, daß die Bearbeiter vielen
freundlichen, selbst komischen Stellen ernsten Text unter-
gelegt haben, wodurch die Musik nun zur Parodie des
Textes und der Situation wird. So singt Papagena die
Arie des Mohren, und das Terzett der drei Knaben ‚Seid
uns zum zweitenmal willkommen' wird von drei Damen
gesungen. Aus dem Duett ‚Bei Männern, welche Liebe
fühlen' ist ein Terzett geworden, und so giebt es der Ver-
sündigungen mehr. Man muß den Franzosen die Gerech-
tigkeit widerfahren lassen, daß sie diese vandalische Verstümmelung entschieden gemißbilligt haben. Aber wie
kommt es, daß die mystères bemungeachtet seit 18—20

Jahren ruhig auf dem Repertoire bleiben, da doch hier
das Publikum so despotisch im Theater regiert und alles
durchzusetzen weiß was es will?" Die ernste Antwort
darauf geben die Verstümmelung wie die Wiederherstellung
des „Freischütz", von der seinerzeit R. Wagner berichtet
hat, und die rohe Mißhandlung seines „Tannhäuser" im
Jahre 1861.

Er trug auch bald von seinen Werken vor: „Die Componisten sagten mir viel Schönes über meine Composition,
die Geiger über mein Spiel." Es waren Viotti, Kreutzer,
Baillot, Lafont, Habeneck, alles Namen von europäischem
Klang. Allein selbst Cherubini war nicht weit genug vor-
geschritten, er sagte: „Ihre Musik wie überhaupt die Form
und der Stil dieser Musikgattung ist mir noch so fremd,
daß ich mich nicht sogleich hineinfinden und gehörig folgen
kann; es würde mir daher sehr lieb sein, wenn Sie das
soeben gespielte Quartett sogleich noch einmal spielten."
Er kannte nur erst Haydns Quartette! Was war da von
den bloßen Virtuosen zu erwarten? Henry Herz gab selbst
in der Gesellschaft von Künstlern nur „halsbrechende Kunststücke" zum Besten. „Daß bei solchem Verfahren der Geist
getödtet werden muß ist leicht begreiflich. Man hört daher
selten oder nie ein ernstes gediegenes Musikstück, etwa
ein Quartett von neueren großen Meistern, jeder reitet
nur sein Paradepferd vor, da giebt es denn nichts als
Airs variées, Rondos favoris, Nocturne und dergleichen
Bagatellen mehr, und wenn dies alles auch noch so incor-
rect und fade ist, es verfehlt seine Wirkung nie, wenn es
nur recht glatt und süß vorgetragen wird," erzählt Spohr,
— wer dächte dabei nicht an die Romanzen der Loisa
Puget, gegen die ein Wagner mit seinen Liedern nicht an-
kommen konnte? „Ebenso ist es in den Theatern; der
tonangebende große Haufen weiß durchaus das Schlechteste
nicht vom Besten zu unterscheiden; man braucht nicht lange
hier zu sein, um der Meinung beizutreten, daß die Fran-

zosen ein unmusikalisches Volk sind," heißt es kurzab. Im
Don Juan blieben die herrlichsten Stücke, das erste Duett,
das Quartett, das große Sextett ohne Eindruck, der Bei=
fall zweier Nummern galt mehr den Sängern als dem
Componisten. Spohrs ganzer Bericht ist eine vortreffliche
Erläuterung zu den bekannten Briefen Wagners vom
Jahre 1840—41.

Dazu die Anmaßung, dennoch auch in diesem Punkte
die grande nation zu sein! Spohr giebt auch davon
köstliche Beispiele, indem er uns Urtheile über sein eigenes
Concert überliefert.

„In all diesen Berichten spricht sich die französische
Eitelkeit recht selbstgefällig aus," sagt er. „Alle fangen
damit an, ihre eigenen Künstler und ihre Kunstbildung
über die aller übrigen Nationen zu erheben; sie meinen,
das Land, welches die Herren Baillot, Lafont, Habeneck
besitzt, brauche kein anderes um seine Geiger zu beneiden,
und wenn man hier bemungeachtet einen Fremden mit
Enthusiasmus aufgenommen habe, so sei dies ein Beweis,
wie gastfreundlich die Franzosen überhaupt seien. Diese
Eitelkeit abgerechnet sind die Berichte aber sehr widerspre=
chend. Der Eine sagte: ‚Spohr ergreift mit unglaublicher
Kühnheit die größten Schwierigkeiten und man weiß nicht
was mehr erstaunt, seine Kühnheit oder die Sicherheit, mit
der diese Schwierigkeiten ausgeführt werden.‘ Der Andere:
‚Das vorgeführte Concert ist durchaus nicht mit Schwie=
rigkeiten überladen‘." Seine Compositionen fand man gut,
ohne indessen zu sagen warum. Ein Blatt aber sagte:
„Das ist eine Art germanischen Harmonie= und Enhar=
monie-Gepäcks, die als Contrebande, ich weiß nicht aus
welcher Gegend Deutschlands, eingeführt wird." Dafür
ist aber Rossini dessen Mann: „Dieser moderne Orpheus
hat das Concert mit seinem Gesange freigehalten und es
genügte dazu eine kleine Arie und ein kleines komisches
Duett." Als Geiger fand Spohr jedoch hier mehr Gnade.

Er sei ein Mann von Verdienst, hieß es da, er habe zwei seltene und kostbare Eigenschaften: „Reinheit und Richtigkeit". Dann aber kommt folgender Schluß: „Wenn er einige Zeit in Paris bleibt, kann er seinen Geschmack vervollkommnen und zurückgekehrt den der guten Deutschen bilden." „Wenn doch der gute Mann wüßte, was die bons Allemands von dem Kunstgeschmacke der Franzosen denken!" endigt Spohr.

Zum Abschlusse geben wir noch einige Urtheile Spohrs über Kunst und Künstler des Paris jener Tage, die auf Liszt, Chopin, Wagner warteten und den genialen Berlioz schon halbbekannt in sich bargen.

Die Sorgfältigkeit der Ausführung in der einmal ergriffenen Aufgabe rühmt Spohr wie Wagner an den Pariser Künstlern als einen Vorzug vor der deutschen Gewohnheit. Doch vermißt er andererseits deutschen Werken gegenüber die Energie und Zartheit, die unsere Musik zugleich erfordere. Das Orchester der großen Oper nennt er wegen seiner Discretion im Begleiten mit Recht berühmt und stellt es darin selbst manchem deutschen als Muster hin. Von den Geigern setzt er Lafont obenan, nur mangele ihm wie allen Franzosen in der Musik wahres tiefes Gefühl und er sei zu einseitig in seinen Stücken. Auch Baillots nüancenreiches Spiel, das besonders Beethovens Romanze „so schön sang", litt unter der sonst waltenden Gehaltlosigkeit der Compositionen. Im höchsten Grade ausgezeichnet fand er die Bläser. „Es ist unmöglich einen schöneren Ton zu hören," lobt er von dem berühmten Tulou. „Seitdem ich ihn gehört, kommt es mir nicht mehr so unpassend vor, wenn unsere Dichter den Wohllaut einer schönen Stimme dem Flötenton vergleichen." Auch die vollkommene Gleichheit des Tones und des Ansatzes der Oboe, sowie den Vortrag „voll Grazie und Geschmack" des Spielers bewundert er, doch weist dessen Name Georg Vogt auf deutsche Herkunft, er war im Elsaß geboren. Man weiß

heute in höherem Maße durch R. Wagner, was solche Ein-
zelinstrumente dem dramatischen Componisten bedeuten.

Von lebenden Componisten waren dort am bedeutsamsten
Reicha und Cherubini. Ersterer, als Freund Beethovens und Lehrer Liszts für immer der Kunstgeschichte an-
gehörend, war ein geborener Böhme. „Deutsche Gründ-
lichkeit und Tüchtigkeit sind auch dieses Meisters schönste
Zierden," sagt Spohr. Das Urtheil über Cherubini zeigt
uns den Künstler, dem es um seine Kunst Ernst ist. Er
bedauert, daß auch dieser Meister sich vom wahren Kirchenstil entferne und in seinen Messen oft den Theaterstil vor-
herrschen lasse, sodaß der klug berechnete Effect und ein
„ausschweifender Stil" den reinen Kunstgenuß zurückdränge.
„Was würde dieser Mann geleistet haben, wenn er anstatt
für Franzosen immer für Deutsche geschrieben hätte!"
schließt er und erinnert dabei lebhaft an das milde Wort
Wagners über den blitzenden Genius Rossinis, der von
dem schlaffen Geist der Restaurationsepoche in die Arme
der Sinnenlust gezogen und so in seiner besten Entwicklung gehemmt wurde.

---

8. Jessonda.

(1822—1823.)

Im Herbst 1821 zog Spohr nach Dresden. Dort traf
er abermals mit Weber zusammen, der ihn aufs herzlichste
empfing und in alle musikalische Cirkel einführte. Wich-
tiger aber als diese Neuanregung zur Composition von
Kammermusik ward ihm und uns die Aufführung des
Freischütz, die eben damals in Dresden stattfand, denn sie
führte zu der Entstehung von Spohrs poesievollstem Werke,
der Jessonda.

„Da ich das Composionstalent Webers bis dahin nicht sehr hoch hatte stellen können," erzählt er, „so war ich begreiflicherweise nicht wenig gespannt, diese Oper kennen zu lernen, um zu ergründen, wodurch sie in den beiden Hauptstädten Deutschlands einen so enthusiastischen Erfolg gefunden habe. Die nähere Bekanntschaft mit dem Werke in den Proben löste mir das Räthsel ihres ungeheuren Erfolges freilich nicht, es sei denn, daß ich ihn durch die Gabe Webers für die Faffungskraft des großen Haufens schreiben zu können, erklärt finden wollte. Da mir nun diese Gabe von der Natur versagt war, so ist es schwer zu erklären, wie mich demungeachtet eine unbezwingliche Lust anwandeln konnte, mich von neuem in einer dramatischen Composition zu versuchen. Aber es war so! Kaum zu Hause angelangt suchte ich aus meinem Koffer eine halb= vergessene Arbeit hervor, die ich bereits in Paris begonnen hatte. An einem langweiligen Regentage, der in dem kothigen Paris jedes Ausgehen unmöglich macht, bat ich meine Wirthin um Lectüre. Sie brachte mir einen alten schon ganz zerlesenen Roman ‚Die Wittwe von Malabar'. Ich fand, daß der interessante Stoff derselben sich recht gut zu einer Oper eignen würde und erstand das Buch für einige Sous. Ich hatte schon einen Scenenentwurf begonnen. Jetzt überarbeitete ich denselben mit erneutem Eifer, bestimmte aufs genaueste, was in jeder Scene ge= schehen sollte, und suchte nach einem Dichter. Ich fand ihn in Eduard Gehe. So entstand die Dichtung der Oper Jessonda."

Ihr Inhalt ist ein in seiner Einfachheit rührender. Eine Fremde, die in der Jugend den Portugiesenführer Tristan kennen und lieben gelernt hat, ist wider ihren Willen an einen greisen Rajah verheirathet gewesen und soll nun mit seinem Leichnam verbrannt werden. Ein Brahmine Nadori, der ihr den Tod verkündigt, wird von ihrer und ihrer Schwester Amazili Schönheit so sehr ergriffen, daß sein Herz

ihnen Theilnahme und Hilfe zuwendet. Tristan ist zur
Wiedereroberung des indischen Gebietes zurückgekehrt und
hat während der Verbrennungsfeier Waffenstillstand zugesagt.
Bei der vorausgehenden Ceremonie erkennt er Jessonda wieder und ist nun in Verzweiflung sie nach dem erneuten Besitze für immer verlieren zu sollen. Allein sein Wort bindet
ihn. Da verräth der Brahmine, daß die Indier die frem-
ben Schiffe heimlich anzünden wollen: so ist er frei und
rettet Jessonda und ihre Schwester, die des helfenden Brah-
minen Gattin wird.

Die Composition dieses zu mancherlei Situationen und
Spielen ausgesponnenen Textes ward freilich zunächst noch
hinausgeschoben: er erhielt durch den Einfluß Webers die
Berufung nach Cassel, wo heute sein Denkmal steht. Denn
wie Mozart zu Wien, Weber zu Dresden, so gehört Spohr
zu Cassel, er hat es zeitlebens nicht wieder verlassen.
Weber hatte nach seiner schönen Denkungsart nicht vergessen, daß Spohrs höhere technische Ausbildung auch ihm
einst zugute gekommen war. Schon an jenem Tage, als
die Oper für Wien bestellt wurde, die sein Schmerzenskind
aber auch das Juwel seiner Werke werden sollte, die Eu-
ryanthe, hatte er mit Spohr bei schäumendem Wein auf
deren Heil angestoßen, und wenn auch nicht das „Compositionstalent“, den echten Künstler in Weber wußte auch
Spohr zu erkennen und zu würdigen. Da Weber, an den
der Ruf nach Cassel ursprünglich ergangen war, demselben
nicht folgen wollte, weil er mit seiner Stellung in Dresden zufrieden war, so empfahl er Spohr und dieser ward
denn kurz darauf wohlbestallter kurfürstlich hessischer Hof-
capellmeister auf Lebenszeit.

In dem gleichen Jahre 1822 wurde denn auch in der
behaglichen Sicherheit seines jetzigen Daseins die Jessonda
componirt. „Ich war in der letzten Zeit mit einer neuen
Oper so eifrig beschäftigt, daß ich darüber alles Andere
ein wenig vernachlässigt habe,“ schreibt er im Januar 1823

an einen Freund. „Nun ist sie fertig und ich bin recht froh, eine so bedeutende Arbeit vollendet zu haben. Wenn ich von dieser Oper mehr erwarte als von den früheren, so stützt sich dies auf meine vermehrte Erfahrung und auf die Begeisterung, mit der das wohlgerathene Buch mich fast bei jeder Nummer erfüllte. Um nie anders als in Stunden der Weihe an die Arbeit zu gehen, habe ich mir bei dieser auch mehr Zeit als bei allen früheren gegönnt." Die erste Aufführung fand am 28. Juli zum Geburtstage des Kurfürsten statt. „Sie wünschen durch mich von der ersten Aufführung der Jessonda etwas zu erfahren," schreibt er weiter. „Dieser Auftrag will sich für mich nicht recht schicken, denn ich werde ohne es zu wollen doch wohl zu ihrem Lobredner werden müssen. Der Effect war groß! Es ist hier Sitte, daß an Geburtstagen nur der Hof mit Applaudissement empfangen und dann die Oper ohne laute Aeußerungen des Beifalls angehört wird. Dies hatte dies= mal auch so sein sollen. Aber schon vor Ende des ersten Actes brach ein stürmischer Beifall los und nun war die Etiquette für den Rest des Abends vergessen. Die Auf= führung war vorzüglich. Chöre und Orchester, Scenerie, Tänze, Schaugefechte, Decorationen, Kleider, alles vortreff= lich. Mich hat diese Arbeit sehr glücklich gemacht und ich darf hoffen, daß die Oper auch an anderen Orten sehr gefallen wird."

Dies Letztere hat sich erfüllt: die Jessonda lebt noch heute, und zwar trotz all des Bunterleis der Scene, das Spohr da selbst aufzählt und das uns so gut wie seine Bezeichnungen „Buch" und „Nummern" völlig auf den Standpunkt der alten Oper zurückstellt, sie lebt durch das aufrichtig warme Gefühl, das diese einzelnen Nummern beseelt, und den Adel der Sprache, den alles in ihr hat. Ja, an einzelnen Stellen wie in dem noch heute so be= liebten Duett zwischen Amazili und Nadori breitet die schönste Seele völlig ihre Schwingen aus, und in der Tod=

kündigung Naboris ist etwas von der erhabenen Ruhe, mit
der bald Wagner sogar all diese Vorbilder von Gluck über
Mozart bis zu Spohr im Dramatischen übertreffen und
die volle Weihe des Antiken wiederherstellen sollte. Im
ganzen Tone erinnert das Werk ebenso an Gluck wie an
Mozart, hat die gleiche edle Sentimentalität, wenn auch
mit Hilfe des Chromatischen um ein Bedeutendes sentimentaler, wodurch denn die besondere Bezeichnung „Spohr-
sches weiches Chroma" entstanden ist. Im übrigen ist es
gerade das größere „Compositionstalent" Spohrs, was
dem Werke die entscheidende Bedeutung vorenthält und die
stete Fortdauer geraubt hat: es ist eben eine „Oper"; die
Situationen sind zu musikalischen Einzelbildern zertheilt, die
im Grunde nur Musik sind und wenn sie auch gesungen
erst völlig erklingen, dennoch im Grunde ebenso gut irgend
einem Instrumentalwerke angehören könnten als sie gesungen werden. Doch hat das Ganze einige gute Fort-
schritte, die einzelnen „Nummern" sind häufig in einander
übergeleitet und so in das Ganze mehr Fluß gebracht als
die hergebrachte Oper hatte. Und in der leisen Benutzung
des „Leitmotives" zeigt sich das Bestreben, auch für das
rein sinnliche Gefühl einen fühlbaren Zusammenhang
herzustellen, sodaß das Werk der Kunstgeschichte zweifellos
angehört und Spohrs Namen darin für immer aufgestellt hat.

Gerade was an „Compositionstalent" dem edlen Weber
mangelte, nöthigte und befähigte ihn auf gleiche Weise,
aus den Grenzen seiner Persönlichkeit herauszutreten und
den Dingen, mit denen er da dramatisch zu thun hatte,
näher auf den Leib zu gehen. Während daher Spohrs
Gestalten in einer gewissen Passivität des bloßen Fühlens
verharren und daher einander sosehr gleichen, daß der Eindruck der Monotonie bei seinen Opern nicht überwunden
wird, blitzt in Webers Partituren, vorab im Freischütz und
im Oberon oft geradezu blendend der Genius auf, und dies
manchmal mit überraschend geringer Benutzung der uner-

schöpflichen Mittel des Melodischen, Rhythmischen, Har=
monischen oder auch blos Instrumentalen. Dazu kommt,
daß die unausgesetzte Verwendung der hergebrachten For=
men Spohr auch gar zu oft in gewisse Wendungen, Re=
bensarten und Verbrämungen verfallen läßt, die in ihrer
stehenden Weise am allerwenigsten mit dem scharf Charak=
terisirenden und lebhaft Fortschreitenden des Dramas zu
thun haben. Daher gerade er denn auch gleich dem ihm
nach dieser Seite hin höchst verwandten Händel, dem eben=
falls die mechanische Cadenzirung stets so verführerisch nahe
lag, am meisten dem geistreichen Spott ihres doch gewiß auf=
richtigen Verehrers Wagner verfällt, — man denke nur an die
Meistersinger! Allein dieser etwas breit behagliche, gemüth=
lich=bürgerliche Ton, dieses Sichhineinweben in die eigene
Empfindung, während da draußen die Welt laut tost und
braust und ebenso ewig neu gebiert wie zerstört, er ist immer=
hin eine Idealisirung des ewig bedürftigen Tagesdaseins, wie
sie selbst die der Kunst Beflissenen nur selten besitzen, und
was uns Wagner an Echtem, Tüchtigem und Erhebendem
in seinem Hans Sachs zeichnet, Spohr war dies in völli=
ger Wirklichkeit. Dieser verklärende Engel seines ganzen
Daseins aber ist in wahrhaft lieblich holder Erscheinung
seine Jessonda. Daher sie uns dauernd geweiht bleibe!

---

9. Wachsende Erfolge.

(1824—1840.)

In Cassel sollte Spohr während eines Zeitraums von
fast vierzig Jahren unter zwei Regenten die ganzen Wun=
ber jener Reactionszeit erleben, die jedem freigeborenen
Deutschen ein Gräuel bis in die Seele war. Doch lin=
berte seinen Widerwillen gegen solche Zustände die auf=

richtige Kunstliebe seiner Fürsten sowie deren persönliche
Gesinnung für ihn. Konnte er es zum Beispiel nicht durch-
setzen, daß die Leibgardisten, die im Theaterorchester mit-
wirkten, ebenfalls in Civil erschienen, sodaß dasselbe dem
Auge ein komisches Bunterlei zeigte, so wurden seine An-
träge um Vermehrung dieser Capelle selbst sämmtlich ge-
nehmigt, und er rühmt mit Recht, daß dieselbe „durch diesen
Zuwachs und ein fleißiges Einüben" eine der vorzüglichsten
in Deutschland geworden sei.

Er richtete sich nun bald in einem eigenen Häuschen ein,
in dem dann vor allem viel Kammermusik getrieben wurde,
und genoß eines Behagens, um das ihn mancher Künstler beneiden konnte, das große Genien wie Mozart und
Beethoven nicht gekannt haben. Auch der Ruf, der ihm
als Geiger zutheil geworden, harrte bis in seine alten Tage
aus und wurde sogar noch durch den des Componisten
übertroffen. War dies letztere nun auch kurzsichtige Uebertreibung, da Spohr immer nur, namentlich gegen sein
Vorbild Mozart, wie Goethe den Mond besingt, die
„Schwester von dem ersten Licht" bleibt, so ist es gerade
für die Geschichte unserer Kunst und ihrer Meister von
Werth zu sehen, wie meist eben erst die Nachbildner des
Großen diesem selbst den Weg bahnen: wie Spohr auch im
weitesten Kreise erst den Sinn für ernstere Musik, außerhalb des Religiösen, so hat später Mendelssohn ins-
besondere für die Auffassung von Bach und Beethoven
vorbereitet, deren soviel schwächerer Nachbildner er war.
Die Aufnahme Bachs, Mozarts, Beethovens aber hat erst
das Verständnis der großen Schöpfungen ermöglicht, die
dann wir Heutigen auch auf dem Gebiete des Dramatischen
erleben, und wir werden sehen, daß Spohrs ernste Liebe
für seine Kunst auch hier das wirklich Neue und Selbst-
eigene sogar in seinen jugendlichen Anfängen verstand.

Er selbst blieb immer darauf bedacht, die Grenzen seiner
Kunst zu erweitern und sie namentlich dem freien geistigen

Leben anzunähern. Hatte er früher bereits das Doppel-
quartett versucht, so schrieb er jetzt eine Symphonie für
zwei Orchester, und zwar ward er darauf durch sein Thema
geführt, welches lautete: „Irdisches und Göttliches im
Menschenleben". Sein unbefangener Sinn leitete ihn also
zu jener Programm=Musik, die im Grunde schon bei Beethoven völlig vorhanden, in Berlioz, Liszt und Wagner
herrlichste musikalische Geistesfrüchte tragen sollte. Seinen
ferneren Compositionen hängt freilich ein vorwiegend for-
males Wesen an, das sie eben doch auf die Dauer der
Vergänglichkeit weiht. Zu dem Oratorium „Die letzten
Dinge", das ihm Hofrath Rochlitz geschickt hatte, machte
er noch „neue Studien des Contrapunktes und des Kirchen-
stiles". War aber schon selbst seine beste Oper opernhaft
geblieben, so schmeckt in diesen und den folgenden orato-
rischen Werken Spohrs eben alles nach „Kirchenstil". Erst
unsere Zeit hat diese unverbundene Mischung des strengen
Stiles der Alten mit dem melodischen, dem sogenannten
Gala=Stile der classischen Zeit überwunden und in dieser
Hinsicht wirklich Neues und Eigenes erzeugt. Es sei dafür
einzig an Liszts „Christus" und den „Parsifal" erinnert.

Wir lassen nun ihn selbst und seine zweite Gattin die
ferneren Begebnisse weiter erzählen.

Im Jahre 1830 kam Paganini, den er ja in Italien
persönlich schon kennen gelernt hatte, und gab zwei Concerte. „Seine linke Hand sowie die immer reine Intonation
erschienen mir bewunderungswürdig," sagt er. „In seinen
Compositionen und seinem Vortrage aber fand ich eine
sonderbare Mischung von höchst Genialem und kindisch Ge-
schmacklosem, wodurch man sich abwechselnd angezogen und
abgestoßen fühlte, weshalb der Totaleindruck nach öfterem
Hören für mich nicht befriedigend war." Es mochte ihm
diese phänomenale Erscheinung zugleich ein Antrieb sein,
seine Violinschule zu schreiben, um so der Künstlerschaft
auf seinem Instrumente eine erneute dauernde Grundlage zu

geben. Was baraus hervorgegangen, sehen wir heute in
entzückter Bewunderung an A. Wilhelmy, durch Davids
Ausbildung ein Zögling der Schule Spohrs zu nennen.

Im Jahre 1832 entstand seine Symphonie „Die Weihe
der Töne", nach einem Gedichte R. Pfeiffers. „Im ersten
Satze hatte ich die Aufgabe, aus den Naturlauten ein har=
monisches Ganze zu bilden," sagt er und fand sich durch
einen solchen Preis der eigenen Kunst höchst angezogen.
Das Werk fand denn auch bald weite Verbreitung. Im
Jahre 1835 schrieb er ebenfalls auf Rochlitz' Anregung
das Passionsoratorium „Des Heilands letzte Stunden".
Sein Gemüth war bei dieser erhabensten aller Begeben=
heiten und Vorstellungen um so tiefer mit betheiligt, als
er eben damals seine so sehr geliebte Frau verlor. „Heute
noch gedenke ich mit tiefer Wehmuth des Momentes, als
ich ihrer Stirne den letzten Kuß aufbrückte!" schreibt er
und nennt das Werk selbst die „gelungenste meiner Ar=
beiten".

Diese Werke waren es nun, mit denen er, vor allem
in England, sich höchsten Ruhm erwarb und so den Höhe=
punkt seines menschlichen wie künstlerischen Daseins erlebte.
Er ward fortan sehr häufig zur eigenen Leitung seiner
Compositionen eingeladen, und dadurch wie durch seine
fortgesetzten Reisen lernte er die Mehrzahl der mitlebenden
Meister seiner Kunst und andere schaffende Geister kennen.
Spontini in Berlin, der mit gewissestem Selbstbewußtsein
als Heros der musikalisch=dramatischen Welt von damals
dreinschauende hochtoupirte Pariser Italiener, hatte ihn
schon 1825 zur Leitung der Jessonda eingeladen, die auch
dort ihren Beifall fand. Eine Reise ins Seebad führte
ihn über Düsseldorf, wo Immermann und Mendels=
sohn wirkten. Letzterer spielte ihm die ersten Nummern des
„Paulus" vor, an denen ihm nur das nicht recht gefallen
wollte, daß sie zu sehr dem Händelschen Stile nachgebildet
waren. Destomehr schien dem jüngeren Meister ein neues

Concertino zu gefallen, in dem Spohr als „Novität" ein eigenthümliches Staccato in einem langen Striche ange-bracht hatte. Er begleitete das Stück auf sehr gewandte Weise aus der Partitur, konnte das Staccato nicht oft genug hören und sagte zu seiner Schwester: „Sieh, das ist das berühmte Spohr'sche Staccato, welches ihm kein Geiger nachmacht." Als er von da zu Immermann ging, schlug ihm dieser einen Besuch bei dem „Sonderling" Grabbe, dem Dichter von „Faust und Don Juan" vor, wobei etwas recht Drolliges passirte. „Als wir bei ihm eintraten und der kleine Mensch mich Koloß zu Gesicht bekam," erzählt Spohr, „zog er sich schüchtern in eine Ecke des Zimmers zurück und die ersten Worte, die er sprach, waren: ‚Es wäre Ihnen ein Leichtes, mich da zum Fenster hinauszuwerfen'. Ich antwortete: ‚Ja ich könnte es wohl, aber darum bin ich nicht hierher gekommen'. Erst nach dieser komischen Scene stellte mich Immermann dem när-rischen aber interessanten Menschen vor." Im übrigen verlebte er in Mendelssohns wie Immermanns Gesell-schaft abwechselnd angenehme Tage. Man sieht, der ältere Künstler stand stets mit lebhaftem Interesse zu den jüngeren.

Im Jahre 1838 machte er auf der Durchreise nach Carlsbad in Leipzig die „längst gewünschte" Bekanntschaft mit Robert Schumann, der, „obgleich im Uebrigen sehr still und ernst" doch mit großer Wärme seine Verehrung für ihn an den Tag legte und ihn durch den Vortrag mehrerer seiner interessanten Phantasiestücke erfreute. So erzählt, da Spohr selbst seit diesem Jahre nichts mehr aufzeichnete, seine zweite Frau, die Schwester jenes früh verstorbenen Dichters Pfeiffer. In demselben Jahre hatte er den erst kürzlich gestorbenen Norweger Ole Bull ge-hört. „Sein vollgriffiges Spiel und die Sicherheit der linken Hand sind bewundernswerth," schrieb Spohr einem Freunde, „er opfert aber wie Paganini seinen Kunststücken zuviel Anderes des edlen Instrumentes. Er spielt mit

vielem Gefühl, doch nicht mit gebildetem Geschmack."
Kleine Züge von Charlatanerie, die seinem eigenen ein=
fachen Wesen stets so fern gelegen, waren ihm bei Bull
nicht entgangen. So erzählte er später öfters unter gut=
müthigem Lächeln zu seinem und Anderer Ergötzen, wie
derselbe an einer Stelle, die Gelegenheit bot durch eines
seiner unübertrefflichen pp. zu glänzen, noch secundenlang
den Bogen dicht über den Saiten schwebend gehalten habe,
um das Publikum, welches in athemloser Stille dem letz=
ten Verklingen lauschte, glauben zu machen, der Ton
bauere noch in einem unerhörten ppp. fort.

Im Sommer 1839 ging Spohr auf Einladung zu
einem Musikfeste nach Norwich. Hier sollte er seinen Ruhm
in vollen Zügen trinken. Auf Befehl der Regierung blieb
sein Gepäck unvisitirt, dies war ein deutlicher Vorgeschmack.
Beim Besuche der Kathedrale, in die ihn der Mayor der
Stadt führte, stellten sich am Schlusse des Gottesdienstes
die Menschenmassen zu beiden Seiten auf, um sie durchgehen
zu lassen und Spohr wie ein Wunder anzustaunen. Selt=
samerweise war die Predigt gegen Spohr und sein Pas=
sionsoratorium, das hier aufgeführt werden sollte, gerichtet
gewesen, es galt der pietistischen Partei für sündlich einen
so heiligen Gegenstand zu einem Kunstwerke zu benutzen,
und die Predigt beschwor die Andächtigen, sie möchten nicht
ihre Seele für eines Tages Vergnügen dahingeben. „Wir
erblicken nun auf der Emporkirche dem fanatischen Eiferer
gerade gegenüber sitzend den großen Componisten mit glück=
licherweise für Englisch taubem Ohre, aber in so würdi=
ger Haltung, mit dem Ausdruck reinen Wohlwollens und
soviel Demuth und Milde in den Zügen, daß sein bloßer
Anblick wie eine gute Predigt zum Herzen spricht," sagte
ein englisches Blatt. „Wir machen unwillkürlich einen
Vergleich und können nicht zweifeln, in welchem von beiden
der Geist der Religion wohnt, die den wahren Christen
bezeichnet." Das Urtheil über das Werk selbst aber muß

den mehr an formelle Dinge gewöhnten Engländern zugute
gehalten werden. Es lautet: „Man kann mit Recht von
diesem Oratorium sagen, daß ein göttlicher Hauch es
durchweht; mehr als irgend ein Werk der neueren Zeit
ist es aus warmem Herzen gequollen und kann nicht ohne
Thränen gehört werden." Die eigene Herzenswärme hat
hier doch nicht die alte Form in Fluß gebracht und zu
eigener Gestaltung weiter geführt. Uebrigens waren die
Zuhörer zu Tausenden herbeigeströmt und der Erfolg war
ein „wahrer Triumph der Kunst und ungefälschter Gottes=
empfindung." Die englischen Kirchensänger sind aber auch
die rechten Kräfte, um solche Werke zur Geltung zu brin=
gen: sie haben „tiefe Andacht und fromme Hingebung"
bei solchen Aufführungen. Spohr äußerte dies selbst nach
einer Anhörung von Händels „Israel in Egypten".

Ein weiterer Erfolg dieser Reise war der Auftrag eines
Oratoriums für das Norwicher Musikfest von 1842: es
entstand dadurch „Der Fall Babylons". Einen guten
Rückschlag hatte solche Aufnahme des Deutschen in Eng=
land: man besann sich auch in weiteren Kreisen gegenüber
der damals noch allherrschenden französischen und italieni=
schen Kunst dann und wann wieder der eigenen deutschen.
Es sei davon unter vielen nur das eine Beispiel gegeben.
Die Hamburger Zeitung schreibt 1840: „Am Sonnabend zog
die ganze sanglustige Gesellschaft italienischer Operisten
fröhlich zum Thore hinaus, am Sonntag nahm der deutsche
Meister Spohr den Dirigentensitz ein, um seine herrliche
Jessonda zu leiten. Dort viel Geräusch, Lustigkeit, auch
etwas Zank und Aufsehen, submisse Höflichkeit, hier Ruhe,
edle Würde, ehrliche Denkungsart, Anstand und bleibendes
Verdienst!" In demselben Jahre war Wagners „Rienzi"
schon vollendet und wurde nicht lange hernach in Hamburg
aufgeführt, erschien aber leider noch als für dieses Publi=
kum „zu hoch gegriffen". Dennoch haben eben Spohr und
Weber dafür gesorgt, daß der Faden einer wahrhaft deut=

schen Kunst wenigstens niemals völlig abgerissen ward.
Aber auch ein Beispiel jener liebenden Hingebung deutscher
Fürsten an deutsche Kunst, wie sie ja in denkbar höchstem
Maße später R. Wagner erfahren sollte, erzählt Spohr.
Er mußte den Fürsten von Hohenzollern=Hechingen in
Donaueschingen eigens aufsuchen und es hat etwas tief
Wohlthuendes zu lesen, wie dieser ihn empfing. Er konnte
sich nicht mäßigen, hielt Spohr stets am Arme oder an
der Hand fest und flüsterte nicht nur ihm seine begeisterten
Empfindungen zu, sondern ließ sie oft ganz laut werden.
In Deutschland gehören die Fürsten in der That zum
Volke, Spohr ist einer derjenigen Künstler gewesen, die
wenigstens auf ihrem Gebiete diese Empfindung wach er=
halten haben. Welch herrliche Früchte sollte uns dies
bringen!

10. Der fliegende Holländer.

(1842—1843.)

„Ich bin der hiesigen Vexationen so müde, daß ich mich
in meinen alten Tagen noch entschließen könnte, von hier
wegzugehen," schreibt im Jahre 1843 von Cassel aus
Spohr an seinen Schüler und Freund, den so hervorra=
genden Theoretiker Moritz Hauptmann, welcher Cantor
an derselben Thomaskirche zu Leipzig war, die mehr als
zwanzig Jahre der große Sebastian Bach mit seinem
Schaffen erfüllt hatte. „Eine Veranlassung böte mir ein
Antrag, die durch Dionys Weber erledigte Stelle als
Director des Prager Conservatoriums zu übernehmen.
Ein solcher Wirkungskreis könnte mir schon zusagen." Rück=
sicht auf seine Familie veranlaßte ihn jedoch den ehren=
vollen Ruf abzulehnen; auch wußte er, daß durch seinen
Abgang Cassel eine „musikalische Steppe" werden würde.

Um so mehr trachtete er dasselbe stets weiter zu jener Oase auszubilden, die es für Wahrung des deutschen Stiles in der Musik seit Jahrzehnten war. Hatte er zum Beispiel auch die Matthäuspassion dort eingebürgert, indem er diese „großartige, überaus schwierige Musik" so sicher einstudirte, daß sie in würdiger Weise vorgeführt werden konnte, so achtete er ebenso aufmerksam auf jede Regung in der deutschen Oper. Denn was erzählt Richard Wagner im Gegensatz zu Hamburg und dem dort nach Dresden zuerst aufgeführten „Rienzi"? „Hiergegen machte ich wieder andere Erfahrungen mit dem fliegenden Holländer," heißt es in den „Drei Operndichtungen" von 1852. „Bereits hatte der alte Meister Spohr diese Oper schnell zur Aufführung gebracht. Dies war ohne Aufforderung meiner Seits geschehen. Dennoch fürchtete ich Spohr fremd bleiben zu müssen, weil ich nicht einzusehen vermochte, wie meine jugendliche Richtung sich zu seinem Geschmacke verhalten könnte. Wie war ich erstaunt und überrascht, als dieser graue, von der modernen Musikwelt schroff und kalt sich abscheidende ehrwürdige Meister in einem Briefe seine volle Sympathie mir kundthat und diese einfach durch die innige Freude erklärte, einem jungen Künstler zu begegnen, dem man es in allem ansehe, daß es ihm um die Kunst Ernst sei! Spohr der Greis blieb der einzige deutsche Kapellmeister, der mit warmer Liebe mich aufnahm, meine Arbeiten nach Kräften pflegte und unter allen Umständen mir treu und freundlich gesinnt blieb."

Wir besitzen zum Glück über dieses Ereignis und Verhältnis die zuverlässige Aufzeichnung von Spohrs Umgebung, müssen uns jedoch vorher einigermaßen deutlich machen, in welchem Verhältnis Spohr zu der damaligen „modernen Kunst" stand. Auch dazu verhelfen uns seine eigenen Thaten und Aeußerungen. Spohr hatte nämlich im Jahre 1839 eine „Historische Symphonie im Stil und Geschmack vier verschiedener Zeitabschnitte" geschrieben:

erster Satz Bach=Händelsche Periode 1720, Adagio Haydn=
Mozart'sche 1780, Scherzo Beethoven'sche 1810, Finale allerneueste Periode 1840. Das Werk fand sehr verschieden-
artige Aufnahme. Am schärfsten und geistreichsten sprach
sich Robert Schumann in seiner bahnbrechenden „Neuen
Zeitschrift für Musik" darüber aus.

„Daß gerade Spohr auf diese Idee verfällt," sagt er,
„Spohr, der fertig abgeschlossene Meister, Spohr, der nie
etwas über die Lippen gebracht, was nicht seinem eigensten
Herzen entsprungen, und der immer beim ersten Klange
schon zu erkennen, — dies muß wohl uns allen interessant
erscheinen. So hat er denn seine Aufgabe gelöst, wie wir
es fast erwarteten: er hat sich in das Aeußere, die Formen
verschiedener Stile zu fügen angeschickt, im Uebrigen bleibt
er der Meister, wie wir ihn lange kennen und lieben, ja
es hebt gerade die ungewohnte Form seine Eigenthümlich-
keit noch schreiender hervor, wie denn ein irgend von der
Natur Ausgezeichneter sich nirgends leichter verräth, als
wenn er sich maskirt. So ging Napoleon einstmals auf
einen Maskenball und kaum war er einige Augenblicke da,
als er schon — die Arme in einanderschlang. Wie ein
Lauffeuer ging es durch den Saal: ‚Der Kaiser!‘ Aehnlich
konnte man bei der Symphonie in jedem Winkel des
Saales den Laut ‚Spohr!‘ hören. Am besten, schien es
mir, verstellte er sich noch in der Mozart=Haydn'schen Maske.
Der Bach=Händel'schen fehlte viel von der nervigen Ge-
drungenheit der Originalgesichter, der Beethoven'schen aber
wohl alles. Als völligen Mißgriff möchte ich aber den
letzten Satz bezeichnen. Dies mag Lärm sein, wie wir
ihn oft von Auber, Meyerbeer und Aehnlichen hören.
Aber es giebt auch Besseres, jene Einflüsse Paralysirendes
genug, daß wir die bittere Absicht jenes Satzes nicht ein-
sehen. Ja Spohr selbst darf sich nicht über Nichtaner-
kennung beklagen. Wo gute Namen klingen, klingt auch
seiner, und dies geschieht täglich an tausend Stellen."

Aehnlich schreibt von diesem letzten Satze Mendelssohn an Spohr selbst: „Mir ist dabei immer zu Muthe geworden, als wäre die neuere Zeit, gerade weil Sie sie in Musik ausdrücken, anders und großartiger hinzustellen gewesen. Ich dachte, es würde dem Ganzen dadurch die Krone aufgesetzt werden, wenn nach den drei ersten einfachen Sätzen nun ein letzter nach Ihrem eigenen Sinn durchgeführt recht ernsthaft und vielsagend käme, der in sich selbst den Hauptgedanken der Symphonie aussprüche." In Wien dagegen hatten gerade die „leichte pikante Manier" und „fröhlichen Rhythmen" dieses Satzes am besten gefallen. Ebenso begreiflicherweise in England, und dadurch erfahren wir Spohrs eigentliche Meinung. „Die Berichte von London lassen mich hoffen, daß ich die frühesten Perioden, wozu ich förmliche Vorstudien gemacht hatte, sowie die beiden mittleren gut charakterisirt habe, nur über die neueste war man dort getheilter Meinung. Einige glaubten zu erkennen, daß ich in diesem Satze die allerneueste Schule, dort spottweise die metallene genannt, habe persifliren wollen, andere aber, Freunde dieser Schule, fanden, daß dieser Satz klar darthun solle, daß die allerneueste Musik in ihrer Wirkung doch alles Frühere übertreffe. Da diese Widersprüche die allerneueste Musik am besten charakterisiren, so kann ich auch mit der Wirkung dieses letzten Satzes wohl zufrieden sein."

Daß ihm das an allen Ecken und Enden Geist, Ausdruck und Leben Gewordene dieser soeben erblühenden modernen Musik nicht völlig klar geworden, ersehen wir daraus, daß er es an demjenigen Künstler nicht erkennt, der zuerst dasselbe wenigstens in der sinnenhaften Darstellung in höchster Vollendung hinstellte und dadurch sogar Wagner wieder ganz neue Aufschlüsse über Bach wie über Beethoven gab, — an Liszt, der 1841 auch in Cassel war. Es verlautet da nur von dem „stürmischen Beifall des begeisterten Publikums", von „großem Genuß", von

„unübertroffener Meisterschaft", von der Bewunderung seines „Vom Blatt-Spielens in höchster Vollendung", — von dem absolut Neuen dieser plastischen Vortragsweise ist keine Rede, und gar die eigenen Compositionen, die Liszt vor-führte, werden keiner näheren Erwähnung würdig gefunden, obwohl darin doch sogleich ein ganz neuer, höchst poeti-scher Stil sich ankündigte. Wenn wir nun wissen, daß Spohr auch den letzten Werken Beethovens, namentlich der Neunten Symphonie, dem eigentlichen Ausgangspunkte der modernen Epoche, nie hat „Geschmack abgewinnen können", so ist die Aufnahme des „Holländers", der ganz unmittelbar an diesen Beethoven anknüpft, ebenso verwun-derns= wie anerkennenswerth: sie bleibt ein Beweis, daß dieser Künstler in der That, wenn es darauf ankam, sich auch über die Grenze des eigenen Urtheils zu erheben und das Neue freudig gelten zu lassen wußte.

Es heißt also in der Biographie weiter: „So war nun Spohr dem auch ihm als zweite Heimat liebgewordenen Cassel erhalten und er fuhr fort, mit dem gewohnten Eifer seinen Berufsgeschäften obzuliegen. Da galt es denn aber-mals ein schwieriges Werk einzustudiren, nämlich den ‚flie-genden Holländer' von Richard Wagner, den Spohr zur Festoper für den zweiten Pfingsttag von 1843 vorgeschla-gen, nachdem er von Dresden viel Rühmliches darüber vernommen und bei Durchsicht des eingeschickten Textbuches dasselbe in jeder Beziehung so befriedigend gefunden hatte, daß er es ein kleines Meisterstück nannte und bedauerte, nicht zehn Jahre früher ein ähnliches ebenso gutes zur eigenen Composition gefunden zu haben. Als er dann in den Proben die Oper genauer kennen gelernt, schrieb er darüber: ‚Dieses Werk, obwohl es nahe die Grenze der neu=romantischen Musik à la Berlioz streift und mir un-erhörte Arbeit wegen seiner immensen Schwierigkeit macht, interessirt mich doch im höchsten Grade, da es augenschein-lich in reiner Begeisterung geschrieben ist und nicht wie so

vieles der modernen Opernmusik in jedem Takte das Bestreben, Aufsehen zu erregen oder gefallen zu wollen, her-
aushören läßt. Es ist viel Phantasie darin, durchaus edle
Erfindung, ist gut für die Singstimmen geschrieben und
zwar enorm schwer und etwas überladen instrumentirt,
aber voll neuer Effekte, und wird gewiß, wenn es erst in
den größeren Raum des Theaters kommt, vollkommen
klar und verständlich werden. Ende dieser Woche beginnen
die Theaterproben, auf die ich besonders gespannt bin, um
zu sehen, wie sich das phantastische Sujet und die noch
phantastischere Musik in Scene ausnehmen werden. Inso-
weit glaube ich schon mit meinem Urtheil im Klaren zu
sein, daß ich Wagner unter den jetzigen dramatischen
Componisten für den begabtesten halte. Wenigstens ist
sein Streben in diesem Werke dem Edlen zugewendet und
dies besticht in jetziger Zeit, wo alles darauf ausgeht, Aufsehen zu erregen oder dem gemeinsten Ohrenkitzel zu
röhnen!"

Trotz der fast unübersteiglich scheinenden Schwierigkeiten, von denen man noch zwanzig Jahre später bei der
ausgezeichneten Capelle in München unter Wagners eigener
Leitung eine Probe hatte, brachte Spohr schließlich eine
Aufführung zu Stande, die nichts zu wünschen übrig ließ
und auch beim Publikum die günstigste Aufnahme fand.
Zur wahren Genugthuung gereichte es ihm dann, sogleich
selbst hierüber an Wagner zu berichten, worauf dieser
hochbeglückt Folgendes erwiderte:

"Mein hochverehrter Herr und Meister!

Von der Freude, ja von dem Entzücken, das mir Ihr
so außerordentlich liebenswürdiger Brief bereitete, mußte
ich mich wirklich erst etwas erholen, ehe ich daran gehen
konnte, Ihnen zu schreiben, und mein dankbares Herz gegen
Sie auszuschütten . . . .

Um Sie in den Stand zu setzen, sich die außerordent-
liche Bewegung erklären zu können, die Ihre Nachrichten

in mir hervorbrachten, muß ich Ihnen zunächst kaltblütig
auseinandersetzen, welches meine Erwartungen auf den
Erfolg dieser Oper waren. Bei den großen und unge-
wöhnlichen Schwierigkeiten, die sie darbietet, konnte ich
mir nur wenig davon erwarten, sobald bei einer Bühne,
möge sie auch die besten musikalischen und dramatischen
Kräfte aufweisen können, nicht an der Spitze ein Mann
stünde, der mit besonders energischer Fähigkeit und gutem
Willen sich von vornherein meines Interesses gegen alle
Hindernisse annähme. Daß Sie, mein hochverehrter Meister, wie kein anderer die Eigenschaften zu so energischer
Ueberwachung besäßen, wußte ich, — ob aber meine Arbeit
Ihnen würdig erscheinen konnte, sich ihrer mit solch ent-
scheidendem Interesse anzunehmen, dies war der gewiß
sehr natürliche Zweifel, der, je näher die Zeit der mir
angezeigten Vorstellung rückte, mich immer entmuthigender
einnahm, sodaß ich es gestehe, wenn ich in meinem Klein-
muthe nicht wagte, nach Cassel zu gehen, um mich nicht
persönlich und zu meiner Beschämung von der Wahrheit
meiner Befürchtungen überzeugen zu müssen.

Nun sehe ich aber wohl, daß ein Glücksstern über mir
aufgegangen ist, da ich die Theilnahme eines Mannes gewinnen konnte, von dem schon eine nachsichtige Beobachtung
mir zum Ruhme gereicht hätte: — ihn selbst mit der förderndsten und entscheidendsten Thätigkeit sich meiner Sache
annehmen zu sehen, das ist ein Glück, welches mich gewiß
vor Vielen auszeichnet und welches mich denn wirklich
zum ersten Male mit einem Gefühle des Stolzes erfüllt,
das bis jetzt noch nie, durch kein Zujauchzen des Publikums in mir hervorgerufen werden konnte.“

Selbst die von Spohr gemachten Ausstellungen, in welchen er dessen „wahre Theilnahme“ erkannte, nahm Wagner mit gleicher Dankbarkeit und Freundlichkeit auf, sowie
er sich in allen seinen späteren Briefen stets mit der wärm-
sten Anhänglichkeit und Verehrung gegen ihn aussprach.

Der wahre „Glücksstern" freilich sollte Wagner erst zwanzig Jahre später aufgehen, als ein deutscher König sich mit der „förderndsten und entscheidendsten Thätigkeit" seiner annahm. Und was jedenfalls im Gegensatz zu unserer heutigen Auffassung Spohr hauptsächlich an dem Werke anzog, war das in demselben noch waltende operngesanghafte Element, um dessentwillen er das „Phantastische" und namentlich das ausgesprochen Dramatische gern mit in den Kauf nahm. Ehre aber auch hier seinem Andenken, daß er wahrhaft ernste Bestrebungen deutscher Kunst von Anbeginn thätig unterstützte!

11. Das Ende des Gerechten.

(1844—1859.)

> „Die Musik war bei ihm eng verbunden
> mit Glaube, Liebe, Hoffnung!"

Mit den steigenden Jahren unseres Altmeisters mehrten sich seine Ehren der Zahl wie dem Grabe nach. Er genoß seines Ruhmes vollständig, während Mozart und Beethoven mit dem Bewußtsein ihn würdig verdient zu haben ins Grab sanken. Um ihn bei einer Aufführung seines Oratoriums „Der Fall Babylons" in Norwich zu haben, wandten sich Lord Aberdeen und der Herzog von Cambridge persönlich an den eigensinnigen Kurprinzen von Hessen, und als dies nichts fruchtete, kam eine Bittschrift der Repräsentanten der gesammten Grafschaft Norfolk (100000 Menschen). Es nutzte zwar ebenfalls nichts, aber Spohrs Ruhm ward dadurch nur vergrößert. Bei einer kurz darauf folgenden Einladung nach London wurde er „gleich einem Fürsten bewillkommt, indem die ganze Versammlung sich freiwillig von ihren Sitzen erhob, um ihn zu begrüßen." Ebenso versammelte bei einem Aufenthalte in Paris Ha-

beneck zu seinen Ehren sogar während der Ferien das Or=
chester des Conservatoriums, um ihm seine Symphonie
„Die Weihe der Töne" vorzuführen. Es ist begreiflich,
daß es in beiden Städten, zumal in London, wo Mendels=
sohn womöglich noch höher gehalten war, später originalen
Geistern wie Berlioz und Wagner schwer wurde durchzu=
bringen: ihre Werke leben aber dafür dauernd.

Eine Folge der Einwirkung des „Fliegenden Holländers"
war die 1844 „mit besonderer Vorliebe" componirte Oper
„Die Kreuzfahrer" nach dem Kotzebueschen Schauspiele. Sie
ist „ganz abweichend von der bisher gebräuchlichen Form
sowie von dem Stil seiner früheren Opernmusik, das Ganze
gleichsam als musikalisches Drama ohne Textwiederholun=
gen und Ausschmückungen mit immer fortschreitender Hand=
lung durchcomponirt". Das Gleiche lobte er selbst auch
an R. Schumanns „Genoveva", obgleich er sonst an ihm
öfter „Wohllaut und melodische Harmoniefolgen" vermißte.
Die „Kreuzfahrer" fanden in Cassel eine „beispiellos glän=
zende" Aufnahme und hatten auch 1845 in Berlin einen
„überaus glücklichen Erfolg", — in Berlin, wo das Jahr
zuvor der „Fliegende Holländer" nicht hatte durchbringen
können! „Sieglinde starb, doch Siegfried, der genaß!"
heißt es in Wagners Nibelungenring.

Die rücksichtslose Zurücksendung der Partitur des Wer=
kes von Dresden brachte nun Spohr im Jahre 1846 auch
in persönliche Bekanntschaft mit diesem jüngeren Meister.
Er hatte ihm zu seinem Verdrusse zu melden, daß der
Kurprinz die Aufführung des „Tannhäusers" abgeschlagen
habe, und macht dabei ausführliche Mittheilung von dem
unbegreiflichen Verfahren der Dresdener Intendanz. Wag=
ner legte ebenfalls seine Entrüstung darüber in scharf be=
zeichnenden Ausdrücken an den Tag und ward darauf von
Spohr zu einem Rendez-vous nach Leipzig eingeladen.
Er ergriff die Idee mit großer Befriedigung und so wurde
denn die längst gewünschte Bekanntschaft zu gegenseitiger

größten Befriedigung gemacht. „Wir verleben hier wonne=
volle Tage und schwelgen in den schönsten musikalischen
Genüssen," berichtete Frau Spohr nach Hause. Spohr
spielte mit Mendelssohn Compositionen Beider, ein Diner
bei Wagners Schwager Professor Brockhaus, „mit lauter
geistreichen Menschen", darunter H. Laube, lief sehr ver=
gnügt ab. „Am besten gefiel uns Wagner, der mit jedem=
mal liebenswürdiger erscheint und dessen vielseitige Bil=
dung wir immer mehr bewundern müssen," heißt es dabei.
„So äußerte er sich auch über politische Angelegenheiten
mit einer Theilnahme und Wärme, die uns wahrhaft
überraschte und umsomehr erfreute, da er in höchst libera=
lem Sinne sprach." Den Abend fand man sich bei Men=
delssohn wieder zusammen, der für Spohr „ganz rührend
unverkennbare Liebe und Verehrung bezeugte". Dieser
spielte von seinen Quartetten, darunter auch das neueste
dreißigste, bei welchem Mendelssohn und Wagner „mit
entzückten Mienen" in der Partitur nachlasen: „Neidlos
geb' ihrem Zauber ich mich hin". Wagner nahm noch am
Abend Abschied, was beiden Theilen sehr nahe ging.
„Doch haben wir auch nach seiner Abreise uns noch viel
mit ihm beschäftigt, indem er uns einen neu gedichteten
Operntext zurückließ, der höchst eigenthümlich und anziehend
ist," heißt es vom Lohengrin. Ein Jahr später war Men=
delssohn, als dessen „Reizendstes" auch Spohr die Musik
zum Sommernachtstraum pries, todt und drei Jahre später
Wagner in der Verbannung. „Sein Verlust ist sehr zu
beklagen, da er der begabteste unter den jetzt lebenden
Componisten und sein Kunststreben ein sehr edles war,"
schreibt Spohr von Ersterem. Dem lebenden Meister aber
bewahrte er die thätige Theilnahme und zwar obwohl er
im Grunde die Bedeutung seines Schaffens nicht ermaß,
er war dazu zuviel „Componist". Wir vernehmen denn
auch darüber Spohrs eigene Worte. Er schreibt im Jahre
1852 an Moritz Hauptmann:

„Wir studiren jetzt den Tannhäuser. Die Oper hat
viel Neues und Schönes, aber auch manches · ohrzerreißende
Unschöne." Und später: „Die Oper hat durch ihren Ernst
und ihren Inhalt viel Freunde gewonnen, und vergleiche
ich sie mit anderen Erzeugnissen der letzten Jahre, so ge-
selle ich mich auch zu diesen. Manches was mir anfangs
sehr zuwider war, bin ich durch das öftere Hören schon
gewohnt geworden; nur das Rhythmuslose und der häu-
fige Mangel an abgerundeten Perioden ist mir fortdauernd
sehr störend. Die hiesige Aufführung ist wirklich eine sehr
ausgezeichnete, man wird wenig so präcise in Deutschland
hören. In den enorm schweren Ensembles im zweiten
Akt ist gestern auch nicht eine Note weggeblieben. Dies
hindert freilich nicht, daß sich diese an einigen Stellen zu
einer wahrhaft schauervollen Musik gestalten, besonders
kurz vor der Stelle, ehe Elisabeth sich den auf Tannhäuser einbringenden Sängern entgegenwirft. Was würden Haydn und Mozart für Gesichter machen, müßten sie
einen solchen Höllenlärm, den man jetzt für Musik aus-
giebt, mit anhören! Die Chöre der Pilger wurden so rein
intonirt, daß ich mich zum ersten Male mit den unnatürlichen Modulationen derselben einigermaßen versöhnte. Es
ist merkwürdig, woran sich das menschliche Ohr nach und
nach gewöhnt!" Ebenso sagt er nach Anhörung des „Ben-
venuto Cellini" in London: „Es geht dem Berlioz, wie
den anderen Koryphäen der Zukunftsmusik: sie überlassen
sich bei der Arbeit nicht ihrem natürlichen Gefühl, sondern
speculiren auf Nochnichtdagewesenes. So geschieht es, daß
diese begabten Musiker selten etwas Genießbares zustande
bringen, besonders für Leute, die bei Haydn, Mozart und
Beethoven groß gezogen sind." Und ein andermal von
der Oper seines Schülers Jean Bott: „Es ist mehr gute
Musik, übersichtliche Form und rhythmisches Geschick darin
als in den Wagnerschen Opern und doch gehört sie im
Stil der sogenannten Zukunftsmusik an."

Die Pilger-Chöre des „Tannhäuser" athmen, wie Liszt es treffend ausgedrückt, eine „gewisse Extase und geheime überschwängliche Wonne des Reuegefühls", — wie sollte da der bloße äußerliche Wohlklang herrschen! Den „Höllen-lärm" aber verursachte und verursachen noch heute so oft in Wagnerschen Aufführungen die Ungeschicktheiten der Instru-mentalisten, besonders der Bläser, die an solchen Stellen wie die des „Tannhäuser" Tod und Teufel darauf los-tosen, statt auch hier den Ton geistig zu intoniren und so-zusagen sprechen zu lassen.

Gleichwohl war Spohr sehr gespannt auch den „Lohen-grin" zu hören. Allein der Kurfürst versagte die Geneh-migung und so hörte er daraus 1855 nur einige „Num-mern" in einem Concerte in Hannover. „Auch die Neunte Symphonie Beethovens, so abnorm manches darin, na-mentlich der letzte Satz sein mag, gewährte in dieser Voll-endung einen wahrhaft hohen Genuß," schreibt Frau Spohr 1853 von London aus. Woran sich das menschliche Ohr doch nicht gewöhnt! Hätte Spohr erst Werke wie Tristan und Parsifal hören können!

Während auf solche Weise auch Spohr der geistbeschrän-kenden Wirkung seiner Zeitepoche verfiel, der ja selbst grö-ßere und sogar genialische Geister oft nicht widerstanden haben, — faßte doch der alte Fritz den Genius Goethes nicht und Schopenhauer nicht den geistigfreien Dichter in R. Wagner! — ist eine Seite seines Daseins und Wirkens von dauerndem Gewinn für Kunst und Leben geblieben: er hat, wohin er kam, der Musik die weitesten Kreise der Bildung erobert und dem Musiker die entsprechende Geltung und Stellung in der Gesellschaft verschafft. Er ließ der Würde seiner Kunst auch in socialer Hinsicht niemals zu nahe treten und wie dem Souverain der Kunsträume imponirte er so dem Souverain des Thrones. Konnte doch Friedrich Wilhelm IV. nicht umhin, ihn durch den damals weltbe-rühmten Alexander von Humboldt persönlich zur königlichen

Tafel laden zu laſſen und beſuchten die Potentaten, wo er weilte, die Productionen ſeiner Kunſt! Der letzte Grund dieſer Wirkung lag in ſeiner menſchlichen Perſönlichkeit, die ſich durchaus mit ſeiner Kunſt identificirte, weil dieſe eben ganz aus ihr, nicht aus einem angelernten Können ſtammte. Er hielt als Mann ebenſo auf Freiheit und Ehre, wie als Künſtler auf die Reſpectirung alles Idealen. Einige Beiſpiele aus ſeinen letzten Lebenstagen mögen uns dieſe wahrhaft würdige Künſtler= und Manneserſcheinung zum Abſchluß völlig vergegenwärtigen.

Bei der Durchreiſe nach London trafen ſie in Gent ein großes Sängerfeſt. Der Erkennung folgte die Nöthigung in den Feſtſaal einzutreten. „Meine Herren, der große Meiſter Spohr kommt ſoeben in unſere Stadt, da iſt er!" — auf dieſen Aufruf eines Mitgliedes erhob ſich die ganze ungeheure Verſammlung und rief: „Es lebe Spohr, der große Spohr!" „Die Scene hatte durch das ganz Ueberraſchende etwas ſehr Eigenthümliches und faſt Ueber= wältigendes," erzählt ſeine ihn begleitende Gattin. Die Märzrevolution von 1848 fand in Spohr einen lebhaften Vorkämpfer. „Geſchrieben zur Zeit der glänzenden Volks= revolution zur Wiedererweckung der Freiheit, Einheit und Größe Deutſchlands," ſteht bei der Eintragung ſeines Sex= tetts Op. 140, und die Schilderung: „reich an lebens= friſchen Melodien und wahrhaft ätheriſchem Wohlklang wie kaum ein anderes Werk Spohrs" bezeugt die freudige innere Antheilnahme an dieſem erſten Emporblühen poli= tiſchwürdigerer Zuſtände. „Iſt auch die Einheit Deutſch= lands noch nicht geſichert, ſo iſt es die Freiheit ganz gewiß und ich preiſe mich glücklich eine ſolche Zeit noch erlebt zu haben," ſchrieb er und wies es ab in einer Stadt wie Breslau zu ſpielen, wo der Belagerungszuſtand pro= clamirt ſei, denn da könne man nicht frei athmen, viel weniger aber muſiciren! „Unſere Lage iſt jetzt eine ver= zweiflungsvolle! In wenig Tagen wird der Kurfürſt zu

rückkehren, mit ihm Hassenpflug und seine . . .!" schrieb
er 1850 und ließ von da an seine Geige, die er sonst so
gern „zu Freude und Nutzen seiner Mitbürger" hatte ertönen lassen, öffentlich ferner nicht erklingen. Der Kurfürst
mußte den renitenten Capellmeister durch Urlaubsverweige-
rung zu treffen und verhängte, als Spohr dennoch abge-
reist war, eine bedeutende Geldstrafe über ihn. Spohr
processirte, verlor aber dabei, und sein einziger Trost war,
daß das Geld an den von ihm gestifteten Pensionsfonds fiel.
Zwar hatte er ihn im Jahre 1847 zu seinem fünfund-
zwanzigjährigen Capellmeisterjubiläum zum Generalmusik-
director mit „Hoffähigkeit" ernannt, aber er vermochte ihn
auch nach dem Grundsatze des ancien regime: „Car tel
est notre plaisir" 1857 gegen seinen Willen kaltblütigst
zu pensioniren. Spohr jedoch ertrug, obwohl er noch rüstig
genug gewesen wäre, auch diesen Schlag „mit der ihm eigenen Seelengröße".

Ungleich schmerzlicher war es ihm, als er wegen man-
gelnder Fähigkeit seine Ideen zusammenzufassen, vom Componiren lassen mußte, sogar ein Requiem blieb unvollendet.
Ein Armbruch, der den durch seine Körperschwere etwas
unbeholfen Gewordenen traf, berührte ihn noch tiefer:
der Arm zeigte die erforderliche Kraft und Elasticität nicht
mehr, worauf er dann abermals „um eines seiner köst-
lichsten Lebenselemente ärmer geworden, trauernd die geliebte Geige zur Ruhe legte". Ihr Erbe ward sein ge-
liebtester Schüler, August Kömpel, Concertmeister in Weimar. Er weiß denn auch dieser Straduvari Töne zu
entlocken, die uns Nachlebenden Spohrs Seelenweise zur
erquickenden Empfindung bringen können.

Jetzt war er dieses Lebens müde, in dem er nichts mehr
wirken konnte. Er habe ausgenossen, was das Erdenleben
eben zu bieten vermöge, sagte er; er habe namentlich eine
so weit verbreitete Anerkennung und Liebe für seine Musik
erlebt, wie er es kaum je hätte hoffen können, jetzt wünsche

er sehnlich sein Ende herbei. Es ward dem Fünfundsieb=
zigjährigen denn auch ohne besondere Krankheit am 22. Oc=
tober 1859 im Kreise seiner Lieben in vollster inneren
Ruhe zutheil: „mit dem Ausdruck der größten Zufrieden=
heit in seinen schönen edlen Zügen" lag er auf dem To=
desbette.

„Wer in allen unseren socialen Verhältnissen, nament=
lich in den Beziehungen der modernen Künstler zu einan=
der die grenzenlos eigensüchtige Lieblosigkeit kennt, der muß
mehr als erstaunt, er muß durch und durch entzückt sein,
wenn er von dem Verhalten einer Persönlichkeit Wahr=
nehmungen macht, wie sie mir sich von jenem außerordent=
lichen Menschen aufdrängten," sagt Wagner von seiner
Begegnung mit Liszt im Jahre 1849. Ebenso erquickend
und trostreich beglückend ist es zu sehen, wie sich über das
ganze Leben dieses Altmeisters, des Nestors der Tonkunst
seiner Tage „der uns das Bild des olympischen Zeus, mit
dem Augenwink alles bewegend vergegenwärtigt", ein schönes
Gewebe von Freundschaft und Liebe gegen alles ihm Begeg=
nende verbreitet. Den letzten Grund dieses so reich spen=
denden Wesens aber giebt uns seine Selbstbiographie an,
wenn sie sagt, nichts sei ihm lieber gewesen, als wenn von
seinen Tonwerken ein Rückschluß auf seine Gemüthsart und
Religion gemacht worden sei: „seine Kunst war ihm ja
auch heilig und Musik bei ihm eng verbunden mit Glaube,
Liebe und Hoffnung!"

Ende.

Inhaltsverzeichnis.

———

——— —— ——···

www.ingramcontent.com/pod-product-compliance
Lightning Source LLC
Chambersburg PA
CBHW022012050726
47499CB00007BA/2550